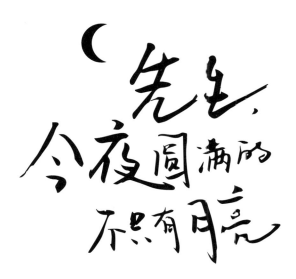

先生，今夜圆满的不只有月亮

纪云裳 著

江苏凤凰文艺出版社
JIANGSU PHOENIX LITERATURE AND
ART PUBLISHING

图书在版编目（CIP）数据

先生，今夜圆满的不只有月亮 / 纪云裳著. -- 南京:
江苏凤凰文艺出版社, 2024.3
ISBN 978-7-5594-8166-5

Ⅰ.①先… Ⅱ.①纪… Ⅲ.①诗歌欣赏－世界 Ⅳ.
①I106.2

中国国家版本馆CIP数据核字(2024)第001735号

先生，今夜圆满的不只有月亮

纪云裳　著

责任编辑	张　倩
图书监制	马利敏　孙文霞
策划编辑	陈阿猫
装帧设计	末末美书
封面插画	奶黄煎饺
版式设计	胡玉冰
出版发行	江苏凤凰文艺出版社
	南京市中央路 165 号，邮编：210009
网　址	http://www.jswenyi.com
印　刷	唐山富达印务有限公司
开　本	787 毫米 ×1092 毫米　1/32
印　张	8
字　数	167 千字
版　次	2024 年 3 月第 1 版
印　次	2024 年 3 月第 1 次印刷
书　号	ISBN 978-7-5594-8166-5
定　价	59.80 元

江苏凤凰文艺版图书凡印刷、装订错误，可向出版社调换，联系电话025-83280257

目录

罗伊·克里夫特 你将我的生命构建成了神殿，而不是嘈杂的小酒馆

爱到最执念处，原是爱而不自知。情不知所起而一往情深，却不必通晓天地，不必打败时间，只愿不负我心。

巴勃罗·聂鲁达（Pablo Neruda，1904年7月12日—1973年9月23日），智利当代著名诗人，1971年获诺贝尔文学奖，代表作有《二十首情诗和一首绝望的歌》《船长的诗》等。在长达半个世纪的文学创作生涯里，爱情、诗歌和革命一直是他的主题。加西亚·马尔克斯评价道："聂鲁达是二十世纪最伟大的诗人，就像米达斯王，凡他触摸过的地方都会变成诗歌。"

聂鲁达

我想对你做春天对樱桃树做的事

/ 我喜欢你是寂静的

巴勃罗·聂鲁达

我喜欢你是寂静的，仿佛你消失了一样，
你从远处聆听我，我的声音却无法触及你。
好像你的双眼已经飞离远去，
如同一个吻，封缄了你的嘴。

如同所有的事物充满了我的灵魂，
你从所有的事物中浮现，充满了我的灵魂。
你像我的灵魂，一只梦的蝴蝶，
你如同忧郁这个字。

我喜欢你是寂静的，好像你已远去。
你听起来像在悲叹，一只如鸽悲鸣的蝴蝶。
你从远处听见我，我的声音无法企及你：
让我在你的沉默中安静无声。

并且让我借你的沉默与你说话，
你的沉默明亮如灯，简单如指环。
如黑夜，拥有寂静与群星。
你的沉默就是星星的沉默，遥远而明亮。

我喜欢你是寂静的：仿佛你消失了一样，
遥远而且哀伤，仿佛你已经死了。
彼时，一个字，一个微笑，已经足够。
而我会觉得幸福，因那不是真的而觉得幸福。

（李宗荣　译）

我会从山中为你带来幸福的花冠、蓝色的吊钟花，黑色的榛子，以及许多篮朴素的吻。我想对你做春天对樱桃树做的事。

1

在一次访问中国时，聂鲁达得知自己中文译名中的"聂"（繁体为"聶"）字是由"三只耳朵"组成，于是笑言："是的，我有三只耳朵，第三只专门用来倾听大海的声音。"

如果不曾翻阅聂鲁达的诗篇，你或许会以为，那不过是诗人的一句俏皮话，而当你真正读懂了聂鲁达，你就会明白，这句话实则是草蛇灰线，伏脉千里，不仅关系着他一生的情感与命运，也指引着他从一个来自智利乡下的孤独少年，成长为享誉世界的伟大诗人。

2

特木科收藏了聂鲁达的童年。

1904 年 7 月，聂鲁达出生在智利中部的小镇帕拉尔，一个盛产葡萄酒的地方。他的母亲早逝，父亲是一名铁路工人。不久后，父亲续弦，他们便举家迁往南方的特木科。

打开记忆的源头，就是漫长的冬天和雨季。

那时，冰冷的暴雨会将村落变成一片大海，房屋像飘摇的小船坚强地支撑在风浪里，屋内的火盆边则围着一圈鞋子，如一列列火车头一般，白色的热气氤氲在火光之上。

而当雨季过去，春天也就如约而至了，阳光开始充沛，大地渐渐温暖，原始森林散发出寂静的香气，将下课后的孩子们吸引到它的腹地，让他们去和那里各种各样的小鸟、甲虫做伴。聂鲁达曾深深陶醉其中，到了暮年，他还能准确地说出那些生物的名字和颜色。

童年时代的聂鲁达长得有些羸弱，却有着一具温柔善良的灵魂，喜欢书籍和大自然，能够用独特新颖的句子描述情感。

曾有一个猎人送给他一只垂死的天鹅，那只美丽的鸟在迁徙的过程中，遭到了围捕，被棍棒击打过。

他为天鹅清洗伤口，给它喂食，却无法减轻它的乡愁。他抱着天鹅穿过大街小巷来到河边，但天鹅已经不再注意那些银光闪闪的小鱼，忧伤的眼睛始终望着远方。

不久后，天鹅死在了他的怀里，他在算术本上悲哀地写下："是它的乡愁带走了它。原来，天鹅死去时是不歌唱的。"

把一些"特别"的句子——不同于平日生活对话的句子，写在作业本上的过程，就像发现了生活的奥秘。

"我感觉某种东西在我的灵魂深处躁动……"多年后，聂鲁达曾如此回忆缪斯第一次造访时的心颤。

当时，小小年纪的他忐忑着把自己写的第一首诗歌递给父母看，得到的回应却是漫不经心的一句："你从哪儿抄来的？"

而且，他的父母还很快遗忘了那件事，就像潦草地遗忘某件日常琐事一样。

只有那写诗的孩子，久久被遗弃在孤独的深渊。

他如饥似渴地阅读着，胆怯又自负，天真又多情。他敞开心扉感受着大自然一草一木的情感与悸动，在没有尽头的海滩上，在崇山峻岭中，在万千虫鸣和鸟啼响彻旷野的夜晚里，用他的灵魂，也就是他的诗，和那片世上最孤寂的土地进行着深刻的交流。

聂鲁达在大自然的怀抱里找到了诗意的密钥，那又是什么给了他生命中情爱的启蒙？

应该跟他继母房中的那只神秘的箱子有关——更准确地说，是箱子里的情书和几百张明信片。

小聂鲁达曾被强烈的好奇心驱使着，偷偷打开了那个箱子，以至于在之后好几年的时间里，他都在通过箱子里的那些东西寻找生活之外隐秘而令他心醉的乐趣，为明信片上陌生的风景，还有情书里的字句深深着迷。

他想象着，写信的人是一个极具风度的男子，信上那些深情、炽热、大胆又高妙的句子，无不让他心驰神往，感同身受。

慢慢地，他感觉自己也爱上了那个收信的人，一个想象中头戴珠冠的漂亮女人，一个虚无的名字。

或者可以说，在未遇到爱情之前，他就尝到了爱情的味道，不是用身体，而是用灵魂。

3

聂鲁达的初恋大约发生在他的少年时代，他自称那是一段非常纯洁的感情。

将那段感情放在他激情澎湃、海纳百川的一生中来看，的确安静得就像秋日的早晨从野苹果树下淌过的河水。

故事发生在秋天。

楒梓和野苹果成熟的季节，整个南美平原都被月桂树的浓香和波尔多树的幽香渗透⋯⋯

有个铁匠家的姑娘，经常在小河边洗衣服，小河的对面，就是聂鲁达读书的学校。当秋风拂过少年们的脸，他们在河水中嬉戏时，就会闻到顺流而下的少女的气息。

聂鲁达班上有个男生很喜欢那个姑娘，央求聂鲁达为他代写情书，聂鲁达答应了，但笔落纸上，写下的全是自己的爱慕。

那些信写了什么已无从得知，只是那个姑娘不久便得知了真相。

有一天清晨，阳光洒在河面上，像流动的琥珀，空气里沉淀着甘甜的果子香，写信的人和收信的人终于在一条小巷里相逢。

她问他，那些情书是不是都出自他的手笔。

那也是她第一次和他说话，他的心怦怦直跳，不敢向她撒谎，只能慌乱地承认了。

她看着他的眼睛，羞赧一笑，笑容瞬间点亮了整条小巷。随即，她将一个楒梓塞进他无处安放的手中，便转身跑开了。

那一刻，他被一种从未体验过的甜蜜击中，心里泛起美妙的感觉，如涟漪，久久不息。

自那天起，他还是经常给她写情书，她也一直送给他楒梓。

一直到他去外地上学，他们的交往才结束。

至于这段感情是因为什么结束的，有一种比较可信的推测就是，那个姑娘已经到了结婚的年龄，很快便在家人的安排下嫁给了别人，而聂鲁达当时还是一个十几岁的穷学生，可能拥有一切，更可能一无所有。

聂鲁达本人从来都没有透露过他们分开的细节。

只知道那些榅桲，他一个也没有吃，全都视若珍宝地收藏了起来。它们是他少年时代里第一份私密的信物，也见证了他爱情的源头，秋阳朗照，水流潺湲，干净又清凉……

4

十五岁那年，聂鲁达第一次见到大海。

在此之前，他已经从文学作品中对大海有了朦胧的认识，但显然，仅凭文字的勾勒并不能满足他强烈的好奇心，他渴望了解大海，渴望身临其境，深入其中，就像回应爱情的召唤。

他回忆道："对于一个十五岁的少年来说，没有什么比在宽阔的陌生河流上航行，在夹岸的青山之间驶向神秘的大海更能打动他心灵的了。"

在大海边，他终于看到了无边无际的波涛，高达数米的巨浪，听到了那震耳欲聋的海浪声，眼前的一切竟让他产生了胜似恋爱的奇妙感受，仿佛自己触摸到了掩藏在海洋深处的宇宙的心跳。

于是，倾听大海，用心灵与其交流静谧和孤独，用手指在沙滩上写下诗句，那一刻大自然赐予他能量和启迪，从此连接了他的一生。

1921 年，十七岁的聂鲁达离开家乡，孤身一人前往圣地亚哥上大学。

大学时代的生活条件非常艰苦，有时候还要饿肚子，但他从未放弃过写作。那个时候的他，满脑子都是诗与远方，梦想犹如茫茫大海上的灯塔，在阴冷苦寒的岁月里，为他指引前行的方向。

或许在旁人眼里，他只是一个喜欢披着西班牙斗篷的沉默腼腆的穷学生。一双破旧的皮鞋，一张苍白的脸，像农田里的稻草人来到了城市中心，是那么突兀、孤独，与周围格格不入。

那时，新文学流派的热浪也在正在校园上空聚集、发散，而他羞涩内敛的性格却让他不由自主地躲进了文学的天地。

诗歌就像泊在静海之中的贝壳，他藏匿其中，在自己的小宇宙里，慢慢孕育出光芒熠熠的珍珠。

1923 年，他的第一本诗集《夕照》出版了，他抱着书走在大街上，心头涌起海啸般的狂喜，又如无冕之王，诗集就是他的王冠。

不久后，他以归乡游子和年轻诗人的身份回到特木科度假，大自然用最美的星空迎接了他。

半夜时分，天空中繁星涌现，那是来自南极的星群，会合在山谷上方，一路向远方铺陈而去，他站在寂静的星空下，望着恢宏梦幻的宇宙，不禁心旷神怡，文思涌动，于是扑向书桌，如痴如醉地写下那些关于自然的史诗。

5

一年后，二十岁的聂鲁达又写下了他一生中最脍炙人口的诗集《二十首情诗和一支绝望的歌》，同时这也是他最为珍爱的作品：

每天你跟宇宙的光一起游戏。

神秘的访客，你来到花中水中。

你不仅仅是每天被我捧在手中的

像一串果实的这个白色的头。

你不再像任何人，自从我爱上你。

让我把你铺开在这些黄色的花环之中。

是谁用烟的字母把你的名字写在南方的星群之中？

啊，让我回忆你存在之前的样子。

风突然吼叫着击拍我紧闭的窗门。

天空是一张网，拥塞着阴影重重的鱼。

这里所有的风迟早都要释放，所有的风。

雨脱下她的衣裳。

鸟儿经过，逃走。

风，风。

我只可以跟人的能力较量。

风暴卷起暗淡的叶子

并把所有在昨天夜里将缆绳系在天上的船只统统松开。

你在这里。啊，你并没有跑开。

你将回答我的呼喊直到最后。

你依偎在我的怀里仿佛受了惊。

即便如此，还是有一道奇怪的阴影掠过你的眼睛。

此刻，小人儿，此刻你也给我带来忍冬，

甚至你的乳房也散发着它的气息。

当悲哀的风开始屠杀蝴蝶，

我爱你，我的幸福咬着你李子般的嘴巴。

你是怎样为了适应我而受苦。

我的原始的、孤独的灵魂，我的令他们惊逃的名字。

多少次我们看见过晨星燃烧，亲吻我们的眼睛，

而在我们头顶暗淡的光在旋转的风扇里展开。

我的话雨点般落向你，抚摸你。

我长久地爱着你那浴过阳光的珍珠母的肉体。

我甚至想象你拥有整个宇宙。

我将从山上给你带来幸福的花朵，风铃草，

黑榛子，和一桶桶的吻。

我要

和你做春天对樱桃树所做的。

——巴勃罗·聂鲁达《二十首情诗和一支绝望的歌·第十四首》

（黄灿然　译）

同样出生于南美的加西亚·马尔克斯曾说，聂鲁达有一双"点石

成金"的手，但凡他触摸过的事物，都会变成诗歌。

这本诗集的诞生，也让聂鲁达赢得了全世界的赞誉，继而成为爱情的代名词。

炙热又潮湿的文字，抒写了他青春时对爱情的憧憬，对情欲的探索，带着浓烈的伤感，也有着隐秘的欢愉。

"我的诗和我的生活宛如一条美洲大河，又如发源于南方隐秘的山峦深处的一条智利河流，浩浩荡荡的河水持续不断地流向出海口。"

——十五岁那年，他第一次从因佩里亚尔河乘船驶向大海，第一次听见大海的轰鸣，海鸥的鸣叫，那种灵魂深处的震荡，如波涛一般涌进文字和生活。

写这本诗集的时候，他又回到了因佩里亚尔河岸的码头，在一艘被弃置的救生艇上，聆听身体的潮汐和不远处浪花的低语。

他说："青春时期将我折磨得死去活来的情欲，还有因佩里亚尔河及其河口帮助我写下了这部诗集。"

在草稿纸上，他写下入海口处海鸥振翅的声音，写下雨点似的亲吻，写下缄默无声的倾慕，也写下永不枯竭的爱意。

在诗里，爱是一个孤独又美妙的动词，爱是情欲本身，爱也是情欲的出口。

记得木心先生有一句话，大意是说女人的肉体就是一部《圣经》。那么，读聂鲁达的《二十首情诗和一首绝望的歌》，将会感觉他的青春就是一部冗长的性压抑史。

木心写情欲："我纷纷的情欲，覆盖了唇涡，胸埠，股壑，平原远山，路和路……"表达手法依旧是江南水乡式的优雅精致，如暗夜纷飞的雪，大而寂静。

到了聂鲁达这里，应该就是滂沱的情欲了，就像南美蛮荒的西部那暴烈的雨水，浸入骨子里，流淌成狂野的血液。

一个将爱情反复默读，静静等待雪崩，另一个则用他笔下滚烫的字句和深情又热烈的心，在诗中制造一场爱欲的海啸。

我还记得你去年秋天的样子，

灰色的贝雷帽，宁静的灵魂，

眼睛里有晚霞在燃烧，

你的心湖，落叶缤纷。

你像藤蔓将我的两臂缠绕，

你温柔平静的声音被树叶收藏。

我欲望的篝火旺盛而错愕。

甜美的蓝色风信子，开满我的灵魂。

你的眼神漫游，秋天便已离去：

灰色的贝雷帽，鸟鸣，我的心房，

——以及我的欲望，一起随之迁徙，

而我的亲吻落下，如炭火那般欢愉。

船只的苍穹，山岭的阡陌：

你的回忆充满了光，烟雾以及平静的水塘！

你的瞳眸深处，晚霞漫天。

秋天的落叶，为你的灵魂而旋舞。

——巴勃罗·聂鲁达《二十首情诗和一支绝望的歌·第六首》

（小满　译）

这首诗曾被我国某部影视剧引用，背景音乐配的是莫扎特C大调钢琴奏鸣曲，旋律悲伤，很多人都为那个场景泪流满面过。

而当年《二十首情诗和一首绝望的歌》面世的时候，就已经有许多人在心动和伤感之余猜测，这些情诗是写给哪一位姑娘的。

直到诗集出版三十年后，守口如瓶的聂鲁达才在智利大学的一次演讲中透露他的情事，诗歌中对应的姑娘是他在圣地亚哥读书时的一位同学。

她叫阿尔贝蒂娜，聂鲁达称呼她为"玛丽松布拉"（Marisombra）——在西班牙语中，这个名字正是由"大海"（mar）和"阴影"（sombra）构成。

玛丽松布拉比聂鲁达大一岁，是一个美貌与智慧并存的大家闺秀，她和聂鲁达曾在一堂法语课上用纸条传达情意，也曾在城市的某个隐蔽角落激情幽会。

在聂鲁达的回忆里，她喜欢戴一顶灰色的贝雷帽，眼睛犹如特木科湿漉漉的星空，流露出无限的温柔，皮肤像鸥翅一样柔软、洁白、宁静，身上萦绕着飘忽不定的香气，那是校园里忍冬花的清香……

一如诗歌里所表达的那样，他为她神魂颠倒、辗转反侧，但她对他的情感，却一直像大海一样神秘莫测、阴晴不定。

玛丽松布拉后来转学。两人相隔数百里，聂鲁达只能经常给她写信，用笔尖倾诉相思，却极少得到回复。

她的若即若离也给他幽闭的青春留下了不少痛苦的阴影，让他在爱与性的惶惑中饱受折磨，就像身处一场幻梦，空有眼泪和亲吻的余温，却从未真实拥有，闭目即已逝去。

今夜我可以写下最悲伤的诗篇，

比如写下：

"夜色中星河漫天，蓝色的星子在远方轻轻战栗。"

晚风在天空中旋转和放歌。

今夜我可以写下最悲伤的诗篇。

我爱她，她有时也爱我。

在许多个如今晚一般的夜色中，我也曾将她拥在怀中。

在永恒的星空下吻她无数遍。

她爱我，有时我也爱她。

怎能不爱上她那一双澄澈的眼睛？

今夜我可以写下最悲伤的诗篇。

当我想到并不曾拥有她，她已离我而去。

我聆听着辽阔的夜，因她的离去而愈加辽阔。
诗句滴落心间，如同露水滴落草原。
若不能拥有她，我的爱又有什么意义？
星空依旧，而我已失去了她。

这就是一切。远处有人歌唱，在远方。
因为失去了她，我的灵魂充满了悲伤。
我用目光将她寻访，仿佛可以离她更近，
我的灵魂将她寻访，而她并没有到来。
相同的夜点亮了相同的树。
我们已不再如初。

的确，我不再爱她，但我曾那样爱她。
我的声音试着寻找曾经的风，将这些送至她的耳边。
别人的了。就像我曾经的吻，她已经是别人的了。
她的声音，她如雪的身体，她深邃的双眸。
的确，我不再爱她，但或许我还爱她。
爱情太短暂，而遗忘太久长。

在许多个如今晚一般的夜里，我曾抱着她，

我的心因她的离去而哀伤。

即便这是她带给我的最后的伤痛，

而这些，也是我为她所写下的最后的诗篇。

　　——巴勃罗·聂鲁达《二十首情诗和一支绝望的歌·第二十首》

（小满　译）

　　爱情太短，遗忘太长。聂鲁达苦恋了玛丽松布拉十一年，但他对她的爱，贯穿了在疯狂的情欲中迷途的青春，依旧可以在诗歌里饱满至今，直到永恒。

　　聂鲁达后来娶了一位普通的荷兰女子为妻，在现实世界里，他开始尝试着为爱翻篇，而早已为人妻母的玛丽松布拉却因此付出了为爱怅憾半生的代价。

　　多年后，她的眼睛不再清澈，樱桃般的唇不再鲜红，有人在她面前朗读聂鲁达写给她的诗篇，依旧喜欢戴着灰色贝雷帽的她也忍不住眼泪潸然——

　　"那已经是很久远的事了，是我失去了他……如今岁月逝去，这条路，我们已经回不去了。"

　　只叹，那往日炽热撩人的爱与浪漫，到底没能敌得过时间的风吹日晒，回应的后知后觉，就像汹涌的潮汐过后，一切归于平静，只有那一片咸湿的盐粒，在等待着迟到的人，去祭奠回忆——原来，被一个人那般痴狂地爱过以后，她的一颗心，再也没有能力爱上任何人。

　　然而那个写诗的人，却将爱的能力保持了一生。曾经，爱是笨拙的练习，后来，爱是源源不断的诗歌灵感与生命动力。

6

"一个诗人还能要求什么？一切抉择——从流泪到亲吻，从孤独到人民。"

《二十首情诗和一首绝望的歌》出版后不久，智利政局就发生了变化，人民运动兴起，学生纷纷加入爱国抵抗组织。

聂鲁达也进入了外交部工作。

从此之后，聂鲁达选择成为"人民的诗人"，开始了颠沛流离的生活。他离开了成长的地方，为家国而流亡。政治激情渗透了他的笔杆，他用笔下的文字去斗争和讴歌，进入人民心灵的通道，与人民的苦难站在一起，为人民而发声。

不过，即便是这样，命运多舛、历尽沧桑，聂鲁达也一直恋爱不断，情人无数，且有过三次婚姻。

或者也可以这样说，他一生遇到过喜欢，遇到过爱，遇到过性，也遇到过了解，他丰富多彩的情史，早已漫溢到诗歌之外，就像大海本身，潮起潮落，永不枯竭。

在荷尔蒙旺盛的年纪，他曾在麦堆里与一个陌生的女人有过一夕之欢，星星晶莹透彻，照在金黄的麦堆上，空气像未经雕琢的金刚石，熠熠的光芒照亮了群山……他们互相交换身体的欢愉，如踏上一段动人心魄的旅程。很多年后，他还记得当初在无边的黑夜里触及她眼睑的感觉，就像触碰到了柔软的虞美人花瓣。

在他的外交官生涯中，他曾喜欢过一位缅甸女子，他喜欢她的裸足，也喜欢插在她黑色秀发上的粲然的白花，但无奈她嫉妒心太强，连他呼吸过的空气都要横眉冷对，甚至不惜用古老的宗教仪式来确保他的一心一意，而他只能选择逃离。

他也曾与一个年长他二十岁的女画家一见钟情。他们一起谈论爱与艺术，彼此相见恨晚。他把她当成自己的导师、妈妈和恋人，也可以不顾宗教的藩篱，不屑世俗的目光，娶她为妻。

纵然是在垂垂迟暮之时，也依旧有年轻热情的姑娘，为他的情诗落泪，为爱他而跋涉千里，奋不顾身。

……

但翻开他那一卷浩瀚的罗曼史，他最爱的女子，可以称之为灵魂伴侣，与他生死不渝、相守到老的人，还是他的第三任妻子，墨西哥女歌手——玛蒂尔德·乌鲁蒂亚。

遇到玛蒂尔德之后，他发现自己深深爱上了她的歌喉与微笑。

在接下来穿越西伯利亚的火车上，他无时无刻不在想念着她。他默念着她的名字，整颗心都被她的倩影所占据："玛蒂尔德，我的玛蒂尔德，你可以不给我面包，空气，光，和春天，但请你不要拒绝给我微笑，不然，我就会立刻死掉……"

1957 年，聂鲁达开始创作《一百首爱的十四行诗》，并携带玛蒂尔德沿着他的情爱地图，缅怀了童年和青春。

1966 年，玛蒂尔德正式成了聂鲁达的第三任妻子，《一百首爱的十四行诗》，就是他送给她的新婚礼物。

爱情更新了生活，给他带来无尽的灵感。而多年以来的福祸相依，风雨与共，也已经让她成为他生命中的一部分：

　　现在，我拥有你了，在我的梦里，你枕梦而眠。
　　爱情，痛楚，工作，现在也都安眠。
　　黑夜之轮开始隐秘转动，
　　你在我身边，安静的样子，如沉睡的琥珀。

　　亲爱的人，我的梦中只够你一人安睡。
　　你将离去，我们一起穿越时间之海。
　　只有你，会陪伴我穿越阴暗，
　　除了你，还有千日红，还有永恒的太阳和月光。

　　你打开纤弱的双臂，
　　让它们在一个轻盈的手势中淡去，
　　你紧闭的双眼，化作灰色的羽翼。

　　而我任凭你涌起海浪将我带走：
　　黑夜，宇宙，它们的命运被风织就。
　　没有了你，我将不复存在，你的梦，就是我的投生。

——《一百首爱的十四行诗·第八十一首》

（小满　译）

晚年时，聂鲁达带着玛蒂尔德流亡黑岛，还会每天亲吻她的秀发，为她做早餐，会给光临他们小屋的海鸥们取名字，会采野花装饰房间。

在海风中，他为她在沙滩上写下美丽的情话：

我爱你的脚，只因它们行走于大地之上，于风中，于水上，直到走近我的身旁。

我们是幸福的，我们与任何人无关。我们把共同的时间，都消磨在荒凉的海边。

如此如此，在爱情中蛰居。

因为你是杯子，是盛着我生命的礼物……无论夜晚或长眠，都无法将我们分开。

1971 年，聂鲁达获得了诺贝尔文学奖，当时他正在黑岛的海滩上捡拾海螺，为爱人制作项链。

海螺，是海洋的耳朵。

听海螺，就像聆听爱人的心声与海洋的脉动。

他喜欢大海，一生收集的海螺超过了一万五千个。在他流亡异乡，最困顿无助的时候，正是一枚故乡的海螺和一支笔，陪他挨过了绝望，等到了黎明的曙光，重返爱情的天堂。

"我希望，我死后能埋葬一个名字里，埋葬在某个精心挑选的响亮的名字里，这样它的音节便能在我海边的骨骼上方歌唱。"

1973 年，聂鲁达病危，弥留之际，是他最爱的玛蒂尔德陪在他的身边，陪他走过人生之路的最后一程。

按照他的遗愿，他被葬在黑岛——多年后，玛蒂尔德会与他同穴而眠，从此，聆听大海，头戴星光。

那一方他生命中最后的爱情栖居地，将妥善收藏他的肉身与灵魂，一如陈年的酒窖将成熟的葡萄收藏在心中。

而远处寂静幽深的南太平洋，也将年复一年地用海浪的低声絮语，向无数来此朝圣的人，诉说着"巴勃罗·聂鲁达"的爱情、诗歌与传奇……

约翰·济慈（John·Keats，1795 年 10 月 31 日—1821 年 2 月 23 日），杰出的英国诗人之一，与雪莱、拜伦并称浪漫主义三杰。他善于运用描写手法创乍诗歌，将多种情感与自然完美结合，从生活中寻找创作的影子。他去世时年仅二十五岁，死后诗歌备受推崇。代表作：《恩底弥翁》《夜莺颂》《希腊古瓮颂》。

济慈

爱情是一声美丽的叹息

灿烂的星

约翰·济慈

灿烂的星！我祈求像你那样坚定——
但我不愿意高悬夜空，独自辉映，
并且永恒地睁着眼睛，
像自然间耐心的、不眠的隐士，

不断望着海涛，那大地的神父，
用圣水冲洗人所卜居的岸沿，
或者注视飘飞的白雪，像面幕，
灿烂、轻盈，覆盖着洼地和高山——

呵，不，——我只愿坚定不移地
以头枕在爱人酥软的胸脯上，
永远感到它舒缓地降落、升起；
而醒来，心里充满甜蜜的激荡，
不断，不断听着她细腻的呼吸，
就这样活着，——或昏迷地死去。

（穆旦　译）

我期冀着，我们可以化成蝴蝶，纵然生命仅有三个夏日，这三日的欢愉，也胜过五十载的寂寥春秋。

1

1815 年的春天，二十岁的济慈站在教室外的花树下，仰着一张苍白又孤清的脸，告诉他的老师："我要写诗，我想成为一名诗人。"

"你喜欢什么样的诗歌？"老师温和地端详着他的学生，这位出生在马厩中的少年，只要顺利完成学业，不久之后，即可成为一名合格的药剂师。

济慈沉默了。

是时，一树花枝正在他头顶颤动，风中散发出静谧的香气。过了片刻，他清凉的眼波淌过树梢，朝着老师明亮地一笑："诗歌，应该像树叶长在树枝上那么自然。"

"你是天生的诗人，孩子。"

一个星期后，济慈便离开了伦敦大学。

他退学了。有人叹息，有人嘲讽，他全都不屑一顾，芸芸众生，肉身沉重，而有些人将注定为灵魂而活。

2

遇到芬妮的那一年，济慈二十三岁。

当时，他正从苏格兰游历归来，与朋友合租在芬妮的隔壁，并付印了新诗集《恩底弥翁》。

在古希腊神话中，恩底弥翁是个在小亚细亚拉特摩斯山牧羊的年轻人。他住在一处幽静明媚的山谷中，每当羊群爬上山坡，他就可以在无边的草地上沉睡。他面容俊美，眼神清澈，一如山中泉水，从未沾染世间哀愁，甚至让月亮女神忍不住芳心漾动，每次路过山谷时，都会从车驾中悄然降临，去偷吻恩底弥翁的脸。

一次，从睡梦中醒来，恩底弥翁也爱上了站在他面前的女神。他们的爱情因二人悬殊的身份遭到了宙斯的责难。宙斯令凡人恩底弥翁做出抉择，或立刻死亡，进入下一段生命，或在永远的睡梦中保持不朽的容颜。

年轻的牧羊人选择了长眠梦中。如此便可每夜与女神相会，是时月满山谷，一如他们恒久皎洁的爱情。

那是一个落红满地、果实初成的暮春。窗外阳光和煦、清风徐来，空气中隐约传来蜜蜂振翅的声音。

芬妮在窗前翻阅《恩底弥翁》，阳光打在书页上，窗帘在风中轻轻起伏，年轻的姑娘不经意被邻居的诗句打动，就像月亮女神初见山谷中的牧羊人：

"但凡美的事物都将长久喜悦，它的美妙与日俱增，绝不会化为乌有，而是为我们化为一片寂静的树荫，一个美梦，伴着匀长平和呼吸的睡眠……"

芬妮的邻居，那个才华横溢却默默无闻的诗人，正在为他弟弟的病情忧心辗转，父母早逝，弟弟是他在世上最亲的人，也是一面照出他窘迫与无奈的镜子。

他的诗集卖得很不好，加之评论界恶毒的攻击，大多数书店都不愿意进货，他已经没有多余的钱支付医药费，更别说将弟弟送到最好的医院接受治疗。

有时，当弟弟用无辜而痛楚的眼神望着他说"哥哥帮帮我"的时候，他也会悲伤地想，如果当初选择从医，如今的生活是不是会不至于这般难堪。

但时间无法重新来过。

是年初夏，济慈的弟弟死于家族传染病——肺结核。离世的时候，那个饱受疾病折磨的年轻人将头蒙在床单里，手脚蜷缩成一团，像一只被折断了翅膀的鸽子。

济慈抱着弟弟失声痛哭，又仿佛在弟弟失去光亮的瞳孔里看到了自己死去时的样子——因为长期照顾弟弟，他也感染上了肺病。

安葬弟弟之后，济慈已经负债累累，交不出拖欠的房租了。房东用怜悯的目光看着他，深深地叹了口气。

或许在世人眼中，他就是一个彻头彻尾的失败者。

但他告诉芬妮："为了进入最伟大诗人的行列，我愿尝够失败的味道。"

他继续写诗。

在伦敦北部乡间，在冗长的夏日，诗人的鹅毛笔摩擦着纸张，不断发出"沙沙"的声响。窗外绿树成荫，鸟鸣滴落，空气中满是烘烤李子的甜蜜香气，善良的房东每年都会将树顶的一部分果实留给夜莺，以至于它们的歌喉愈加清脆可人。

微醺的午后，芬妮给济慈送来了家中贮藏的李子酒，问他可不可以教她读懂诗歌。

阳光耀目，燠热袭人，而他却在她的眼中看到了星月的清辉。

在此之前，济慈本对尘俗的爱情嗤之以鼻，认为只有在文学作品中，才能找到默契的灵魂，然而那一刻，他却没有办法不被眼前的姑娘吸引。

他告诉芬妮："读诗需要感官的配合，不仅是用唇舌发出声音，还可以用耳朵聆听，用嗅觉感受……好比一个人落入湖中，你不要急着寻找湖岸，而是允许自己沉溺于水中，让神秘的湖水剥落你理性的外衣，抚慰你的灵魂。"

十七岁的姑娘看着与她相隔仅一尺之遥的诗人，他如此落魄，又如此自信。上帝赐予了他至高的天赋和才气，也让他屡受苦难与病痛的磨砺，这一切，都让她情愫丛生。

她似有所悟，闭上眼睛，鼻尖仿佛闻到了爱情的味道。

随即，她绽开一个满月一般的笑容："我喜欢神秘。"

或许，读诗如爱，而读你如诗。

3

济慈与芬妮相恋了。

那是他们生命中最美好的一段日子。

大自然美妙的景色也因爱情而愈加醉人，他们牵着手穿过芦苇中的栈道，走进森林的腹地，那里有大片大片的蓝铃花，蝴蝶在花田上翩跹，阳光透过枝叶星星点点地洒在身上，风里掠过丝丝甘甜，让他忍不住亲吻恋人花瓣一样的双唇。

当他出门远游的时候，她就会收到柔情脉脉的信。

那时，芬妮是他心上最甜蜜的羁绊，爱上她之后，他便不再拥有真正的自由，但不再自由又何妨，他已可以承受死亡，唯独不能承受与爱人分离。

"亲爱的人，我现在坐在窗台上，看着这美丽的山间小村，还能看见海，以及玫瑰色的晨曦，我不知道我该怎样忘却忧伤，因为此刻想念你的心，让我对这一切都无暇顾及。"

"亲爱的，你岂非太残忍，如此将我束缚，摧毁我的自由。我要如何向你表述我的心意呢？你比光辉更灿烂，比美更夺目。"

"我皮箱里的一切都令我回想起令人颤抖的抚摸。你放进我旅行帽中的衬里让我的头颅发烫……这世上没有任何事物能让我离开你。"

……

她将远道而来的信笺蒙在脸上，闭目轻吻纸上的笔迹。午后的清风吹起白色的纱帘，一下一下温柔拂动，热烈的阳光铺在少女的闺房里，地板上满是灿若黄金的欢喜。

是年冬，济慈归来了。

他给最爱的姑娘带回了一枚求婚戒指，她欣然接受。

然而一路舟车劳顿，又遇上伦敦寒冷彻骨的冬季，济慈的病情加剧了，并开始咳血。

他害怕恋人被感染，便只能与芬妮彼此隔离。尽管近在咫尺，他们也只能用书信倾诉相思，闭目感受隔墙的心跳。

或许是因为爱的力量，他居然熬过了那个残酷的冬天。

当翌年春风破冰，阳光普照，窗外李花盛开，夜莺展开歌喉的时候，他的病情稳定了，终于可以走到院子里与心爱的人紧紧相拥，如久别重逢。

爱情是无尽的灵感。

1819年的某个春日清晨，花香萦绕，鸟鸣滴答，济慈坐在院子里的李树下，《夜莺颂》一气呵成：

我的心在痛，困顿和麻木

刺进了感官，有如饮过毒鸩，

又像是刚刚把鸦片吞服，

于是向着列斯忘川下沉：

并不是我嫉妒你的好运，

而是你的快乐使我太欢欣——

因为在林间嘹亮的天地里，

你呵，轻翅的仙灵，

你躲进山毛榉的葱绿阴影，

放开歌喉，歌唱着夏季。

哎，要是有一口酒！那冷藏

在地下多年的清醇饮料，

一尝就令人想起绿色之邦，

想起花神，恋歌，阳光和舞蹈！

要是有一杯南国的温暖

充满了鲜红的灵感之泉，

杯沿明灭着珍珠的泡沫，

给嘴唇染上紫斑；

哦，我要一饮而离开尘寰，

和你同去幽暗的林中隐没：

远远地、远远隐没，让我忘掉

你在树叶间从不知道的一切，

忘记这疲劳、热病、和焦躁，

这使人对坐而悲叹的世界；

在这里，青春苍白、消瘦、死亡，

而"瘫痪"有几根白发在摇摆；

在这里，稍一思索就充满了

忧伤和灰色的绝望，

而"美"保持不住明眸的光彩，

新生的爱情活不到明天就枯凋。

去吧！去吧！我要朝你飞去，
不用和酒神坐文豹的车驾，
我要展开诗歌的无形羽翼，
尽管这头脑已经困顿、疲乏；
去了！呵，我已经和你同往！
夜这般温柔，月后正登上宝座，
周围是侍卫她的一群星星；
但这儿不甚明亮，
除了有一线天光，被微风带过，
葱绿的幽暗，和苔藓的曲径。

我看不出是哪种花草在脚旁，
什么清香的花挂在树枝上；
在温馨的幽暗里，我只能猜想
这个时令该把哪种芬芳
赋予这果树，林莽，和草丛，
这白枳花，和田野的玫瑰，
这绿叶堆中易谢的紫罗兰，
还有五月中旬的娇宠，
这缀满了露酒的麝香蔷薇，
它成了夏夜蚊蚋的嗡萦的港湾。

我在黑暗里倾听：呵，多少次
我几乎爱上了静谧的死亡，

我在诗思里用尽了好的言辞，
求他把我的一息散入空茫；
而现在，哦，死更是多么富丽：
在午夜里溘然魂离人间，
当你正倾泻着你的心怀
发出这般的狂喜！
你仍将歌唱，但我不再听见——
你的葬歌只能唱给泥草一块。

永生的鸟呵，你不会死去！
饥饿的世代无法将你踩躏；
今夜，我偶然听到的歌曲
曾使古代的帝王和村夫喜悦；
或许这同样的歌也曾激荡
露丝忧郁的心，使她不禁落泪，
站在异邦的谷田里想着家；
就是这声音常常
在失掉了的仙域里引动窗扉：
一个美女望着大海险恶的浪花。

呵，失掉了！这句话好比一声钟
使我猛醒到我站脚的地方！
别了！幻想，这骗人的妖童，
不能老耍弄它盛传的伎俩。

别了！别了！你怨诉的歌声

流过草坪，越过幽静的溪水，

溜上山坡；而此时，它正深深

埋在附近的溪谷中：

噫，这是个幻觉，还是梦寐？

那歌声去了：——我是睡？是醒？

——约翰·济慈《夜莺颂》

（穆旦　译）

爱情也是美丽的叹息。

每次写完一首诗，他的胸口都会一阵疼痛，而每痛一次，他就会感觉到，死神的脚步，又向他逼近了一点点。

所以他在日记里写道："在我散步时，我有两件极喜欢思索的事，她的可爱与我死的时间。"

爱与死，是一对开在诗人生命里的双生花。

但沉溺在爱情中的人，依旧忍不住去憧憬未来，哪怕他们都不知道，明天醒来时，还能不能牵到对方的手。

他说："我们会住在乡下，离妈妈很近。从我们的卧室望去，可以看到一个苹果园，还有沉浸在雾霭中的山峦。我们的花园里，各种野花正在盛放。待太阳升起，我们就去睡觉，当暮色降临人间，月光透过百叶窗，我会抱紧你，亲吻你的胸口，你的双臂，你的腰肢。"

她抚摸着他憔悴的脸庞，心底晕开甜蜜的悲伤："恩底弥翁，这是不是一场美梦？"

他没有回答，只是告诉她，"抚摸是有记忆的"。

不久后，济慈又为芬妮写下《灿烂的星》，并收录在自己最新的诗集中，他要向每一个翻阅诗集的人，述说生命中唯一的爱情。写诗的人如置身美梦深处，爱人的眼睛是人间最亮的星辰，他愿意为之而死，也愿意为之苟延残喘于世。

我只愿坚定不移地

以头枕在爱人酥软的胸脯上，

永远感到它舒缓地降落、升起；

而醒来，心里充满甜蜜的激荡，

不断，不断听着她细腻的呼吸，

就这样活着，——或昏迷地死去。

如果说，抚摸是有记忆的，那么文字就能让记忆永恒。

如果说，爱情是一场以死句读的悲剧，那么就请将我葬在这令人窒息的片刻。

4

1819 年秋，济慈再次病倒了。

这一次，他必须赶在伦敦的冷空气到来之前，去意大利进行疗养，这样或许还有一线生机。

芬妮去送他，话未出口已是泣不成声："我等你回来，回来娶我。"

然而秋去冬来，林间树叶落尽，白雪覆盖了整个庄园，她收到的却是爱人在异国他乡与世长辞的消息。

济慈的朋友将他安葬在罗马，依照他生前的意愿，他的墓碑上没有篆刻姓名，只有一句"英国青年诗人"，以及他早就写好的墓志铭：

此地长眠者，声名水上书。

或许离世之前，他也无可奈何地认定，自己是一个失败者，事业得不到认可，身体也每况愈下，就连贩夫走卒都能感受到的普通幸福，他都无法拥有。

而世间的成功，不是看他穷其一生追逐到的东西，而是看他倾尽所有守护的东西。

他一定没有想到，有一天，他的灵魂会与星月同在，他的诗歌会誉满人间，他对诗坛的贡献，将与莎士比亚一样璀璨。

一如纪伯伦所言，济慈的声名，不是书写在水上，而是用火铸写在天空。

他也一定不曾知晓，他虽英年早逝，却收获了世间最忠贞的爱恋，让一个女人将他的名字永远镌刻在心上，怀想了一辈子，珍藏了一辈子。

得知他去世的消息后，芬妮痛不欲生，遂以亡妻之礼为其头戴黑纱，守孝三年，而整个余生，她都戴着那枚他送给她的订婚戒指。

每当她思念他时，就会想起当年那片蓝铃花海中，恋人的低语在耳畔流动——

"我期冀着，我们可以化成蝴蝶，纵然生命仅有三个夏日，这三日的欢愉，也胜过五十载的寂寥春秋。"

但丁·阿利吉耶里（Dante Alighieri，1265 年 5 月—1321 年 9 月 14 日），13 世纪末意大利诗人，现代意大利语的奠基者，欧洲文艺复兴时代的开拓人物之一，代表作：《新生》《神曲》。恩格斯评价说："封建的中世纪的终结和现代资本主义纪元的开端，是以一位大人物为标志的，这位人物就是意大利人但丁，他是中世纪的最后一位诗人，同时又是新时代的最初一位诗人。"

但丁

亲爱的人啊，我曾为你这样哭泣

新生（第一首）

但丁·阿利盖利（即但丁·阿利吉耶里——编者注）

献给魂与心皆受到重击的一切人，
献给伡们，正在此刻中来临（因此同意
并确信自己，正与我遭受着相同的东西；
他们可以担保，为我曾写下的一切）。

问候——以爱之名，它的暴政
压迫着我们的一切。行驶的漫漫长夜
未达三分之一，时辰闪耀着光的星座：
此刻的卓辉中，爱向我显现一切。

看似愉悦的神氛里，爱的手握着
我的心，他臂弯里我的眷侣，睡去，
绒毯包裹娇躯。温柔地，他将她唤起，
喂食她我的燃烧之心。你可知道
当她吃着，是多么惊惶。我眼见他啜泣：
消隐之时，他哀恸无已，举止失礼。

（李海鹏　译）

我愿化身石桥，受五百年风吹，五百年日晒，五百年雨淋，只求那人从桥上经过。

1

但丁第一次遇见贝阿特丽采的时候，只有九岁。

那是 1274 年 6 月的某一天，佛罗伦萨的阳光普照大地，天空澄澈明朗，在开满雏菊的小花园边，一个穿着红裙的小女孩正在观赏一只豹纹蛱蝶，她皮肤白皙，举止高雅，唇边的笑意仿佛蕴藏着初夏美妙的香气。

虽是惊鸿一瞥，但丁却感到自己身上最小的脉管都在震颤。

也就是在那一刻，因为这一个七八岁的小姑娘，爱神俘获了少年的灵魂。

他们之间没有任何言语的交流，仅仅是一次眼神的接触，甚至，她都不知道他的名字，而她却成了镌刻在他心上的影像，成了一生都无法抹去的虔诚与温柔，继而改变了他的命运。

在后来的作品中，他将那一刻称之为——"新生"。

新生由此开始。

但丁认为，他一共有过两次生命，第一次是从母体诞生，而第二次，便是感知到了爱情。

自此之后，他一直对那个天使般的女孩魂牵梦萦。他无数次地想去寻访她，想将诗人荷马的一句话献给她："你不是人间的女子，你是神的女儿。"

他也想告诉她"但丁"这个名字的由来。

在但丁出生之前，他的母亲曾梦见自己睡在月桂树下，身边是一汪清澈的泉水，她在树下诞下了一个男婴。她给男婴喂食泉水和月桂树的果实，随之男婴化作了牧羊人，后来，又化作孔雀。不久后，但丁的母亲果然生下一个男婴，想起那个神奇的梦，便给孩子取名"但丁"，一个来自古罗马神话里的名字。而但丁长大后，竟有着一张与梦中牧羊人相同的脸。

爱上贝阿特丽采的时候，但丁的母亲已经去世数年。他的父亲续弦后，又逢家道中落，他只好寄人篱下，尝尽生活的无依之苦，心里也隐隐觉得自卑。

因为太过深爱一个人，爱，便成了一场供养。

出于这样的心境，但丁没有去寻访贝阿特丽采。

于他而言，他极度渴望见到她，却又极度害怕见到她，哪怕是多看她一眼，都觉得是打扰和亵渎。

2

在命运之神的安排下，相隔九年，十八岁的但丁再次见到了贝阿特丽采。

那一天，阳光洒在阿尔诺河上，波光点点浮动，在佛罗伦萨的廊桥之上，她白裙飞扬，手持一朵玫瑰，正与女伴谈笑，穿过阿尔诺河的清风将她的衣袂吹起，衬托出她轻盈柔软的身姿，也让她美丽的脸庞愈加纯洁动人，不染一丝纤尘。

呆立在街角的少年，紧张得屏住了呼吸。

片刻之后，仿佛过了一个世纪，她看到了他，随即用一个深情款款的微笑向他致意。

他竟有一种置身天堂的幸福，又伴随着死亡将至的惶恐，整个世界都在那一刻静止了，只有她的声音——世间最美妙悦耳的女声，在他的耳畔回响。

而当他回过神来时，她已消失在街角。

他欣喜若狂又慌不择路地跑到自己的房间，关上门，闭目躺在床上，心潮起伏，惊涛拍岸，久久不能平静。

是夜，但丁梦见了她。

梦中长夜未央，星海迷醉，她裹着薄纱，在爱神的臂弯中苏醒，然后含着眼泪，目睹了他摘下自己炽热的心，献祭给爱神的过程，眼神充满了惊恐。

从此，他便魂不守舍，精神萎靡，日夜承受着相思的熬煎而郁郁寡欢。

而当旁人问起"到底是谁让爱神将你摧残成了这般模样"时，他却始终不愿说出她的名字。

他认为自己太过穷酸，不值得爱神眷顾。

他也认为世间不够美好纯粹的心灵都不配提及她的芳名，也不配用任何形式向她致敬。

直至多年后，但丁才将那个梦境写进了诗集《新生》，成为其中第一首爱的十四行诗，真诚致意世间每一个被爱俘获、为爱痛哭的灵魂：

看似愉悦的神氛里，爱的手握着
我的心，他臂弯里我的眷侣，睡去，
绒毯包裹娇躯。温柔地，他将她唤起，
喂食她我的燃烧之心。你可知道
当她吃着，是多么惊惶。我眼见他啜泣：
消隐之时，他哀恸无已，举止失礼。

如果爱情注定是一场献祭，那么就请允许我用尽余生，在文字里为你沉默地哭泣。

3

但丁第三次见到他的心上人，是在朋友的婚礼上。

那一刻，他的心脏强烈地战栗，一股暖流从胸膛左侧迅速传遍全身，然后变成焦灼与刺痛。

为了掩饰自己的失态，他只能让整个身子都倚靠在壁画上。

大厅里人来人往，女宾如云，但他依旧能一眼认出那个人群中光芒闪闪的高贵女孩，那个他为之痛苦与相思多年的身影。

那一刻，他告诉友人，他已经踏上了某条不归路。

在诗集《新生》中，他如此记录与贝阿特丽采的第三次相见：

当我见到你时，亲爱的美人

曾经所有的苦痛都已灰飞烟灭。

当我走近你时，爱神告诉我：

逃吧——如果你不想就此毁灭……

如此，当他深陷相思，无路可逃时，是诗句收留了他，而当有一天，他落入永失我爱的旋涡中时，又是写作泅渡了他。

4

1290 年 6 月，贝阿特丽采因病去世，死神将她的容颜永远定格在了十七岁。

听闻噩耗，但丁差点哭瞎了双眼，无尽的悲痛袭来，排山倒海，将他淹没。

就连天空也在为这个美丽的姑娘哭泣，整个六月佛罗伦萨都暴雨倾城，城市沉浸在悲伤的气氛之中。

直到有一天，瘦骨嶙峋的但丁经过佛罗伦萨的老桥，在那个曾遇见贝阿特丽采的街角，他又忍不住泪如雨下，无法停止哭泣。

少年时，他总喜欢在仲夏夜的时候，站在那座桥上，望着满天星河枯坐到天明，那个时候的他，还有着惊人的记忆力，能记下每一个星座及其浪漫的传说。

突然，随着身边孩子们的呼喊，他抬头望向天空，只见一道彩虹光彩夺目，出现在空中，连接了人间和天堂。

就在泪眼蒙眬中的某一个瞬间，他看到了贝阿特丽采站在彩虹之上，向他投来慈悲的目光，而他的灵魂，也在那一刻得到了洗礼，全身心都感到澄澈清朗。

不久后，但丁振奋精神，将心中的痛苦和爱恋都化作纸上的诗句，为她创作了《新生》，开启了诗歌创作生涯，以纪念这一段世界文学史上最著名的柏拉图式的爱情。

1307 年，流亡异乡的但丁又开始写作长诗《神曲》，让自己的缪斯，在文学殿堂中获得了永生。

他用第一人称的身份，在诗中误入森林深处，又穿越地狱，历经炼狱，最后在上帝使者的陪伴下，游历了天堂。

那位上帝的使者，正是贝阿特丽采。她头戴花冠，蒙着圣洁的白纱，长袍如火焰，世间所有星群的光芒，都源自她的眼睛。

5

多年前，有个姑娘寄给我一张明信片，是亨利·霍利迪（Henry Holiday）的油画《但丁与贝阿特丽采相遇》，背景就是画中人第三次相遇的老桥。

后来我用那张明信片做了书签，每次看到，都会想起阿难所说的话："我愿化身石桥，受五百年风吹，五百年日晒，五百年雨淋，只求那人从桥上经过。"

这样的爱，何尝不是另一种意义上的柏拉图。

那天与友人聊天，说到那个给我寄明信片的姑娘，竟不约而同地感叹："她不再写诗，真是可惜了。"

至今我还记得，多年前第一次读到她诗歌时那种心尖一颤的感觉——当时，她正失恋，整日酗酒、抽烟，经常彻夜不眠，在心灵的沼泽中苦苦挣扎而不得自救。

所幸还有文字，可以成为情绪的出口。

还有那些诗歌记得，亲爱的人，我曾为你这样哭泣。

那个时候，她笔下的诗句，也都是鲜活的，如丛林中的野兽，鼻息温热，又美丽又危险，只不过，它们以作者的才情与痛苦为食。

多年过后，当她得遇良人，与子偕老，一颗心平和得再无涟澜，她笔下的文字，也自然被静好的岁月磨去了棱角，只见甜蜜的气息溢满屏幕，灵性却再不复往昔。

再后来，她便干脆不写了，每天在朋友圈乐此不疲地晾晒幸福。

只是，作为她曾经的读者，为她祝福之余，我们也难免感慨，如果说文采是一把刀，那么逆境——生活的颠沛，爱情的折磨，命运的击打，仕途的坎坷……就是最好的磨刀石。

就像萧红，经历过生活中最深的窘困，一支笔才能力透纸背，一颗心才能带着纤敏的触角抵达人性的最幽微处，呈现人生最真切的悲凉，乃至一个时代排山倒海的苦难、冷漠、龌龊，以及金子般稀有的温暖和光亮。

就像纳兰容若，如果没有满身情伤，满腹心事，世间便不会有"人生若只如初见，何事秋风悲画扇"这样的句子。

就像但丁，如果没有经历那一场刻骨铭心的爱情，或许他根本不会走上文学之路，更遑论有《新生》《神曲》那样的作品诞生。

痛苦，即神启。

赖内·马利亚·里尔克（Rainer Maria Rilke，1875 年—1926 年），奥地利诗人，20 世纪最伟大的德语诗人之一。早期的创作具有鲜明的布拉格地方色彩和波西米亚民歌风味。1897 年，里尔克遍游欧洲各国后，即改变了早期偏重主观抒情的浪漫风格，开始写作以直觉形象征人生和表现自己思想感情的"咏物诗"，其间诗歌充满了孤独痛苦的情绪与悲观主义的虚无思想。除却诗歌，里尔克还撰写小说、剧本、书信集等，代表作有《杜伊诺哀歌》《献给奥尔弗斯的十四行诗》《给青年诗人的信》。

里尔克

挖去我的眼睛，我仍能看见你

秋日

赖内·马利亚·里尔克

主啊！是时候了。夏天曾经是盛大的。
把你的影子投在日晷上，
让秋风吹过田野。

让最终的果实变得丰满，
再给他们两天南方的气候，
迫使他们成熟，
把最后的甜味酿造成烈酒。

这个时候谁没有房子就不用建了，
此时此刻孤独的人将永远孤独，
刚刚醒着，阅读，写长信，
在林荫大道上来来回回，
不安地徘徊，在落叶前飞舞。

（冯至 译）

血液对我有什么用，如果它像酒浆一般发酵？它再不能从海中唤起他，那个最钟爱我的人。

1

　　如是秋日。

　　云天高远，空气清凉，呼吸中有迟来的花香，丰腴而隐秘。太阳光线收起锋芒，暮色下，四野寥廓，一树风起，树叶就像千百枚死去的刀锋复活。

　　此时，树枝上成熟的果实被人们酿成美酒，频频举杯中，不知可容纳多少孤独振翅飞翔。

　　此时，我在纸上写下，"秋天，秋天，你是属于孤独者的季节"，以破损之心，以枯瘦的指节，一笔一划的力道里，充满了温柔的憾意——

　　时间的齿轮不断向前，我的孤独感将在一个数字的递增后，达到某个生命节点的极致。

　　而可见的孤独，就像从魔盒中扭着身子腾空而出的小鬼，它挑衅地望着我，然后慵懒地半躺在书桌上，隔着毛边玻璃，将我压成一张老旧的黑白相片——在迅疾的时光里，我就那样模糊了面容、姓氏、性情……独留骨头中几点游荡无着的诗意，与天光下的阴影相伴。

看里尔克的黑白相片，就会被一种孤独的阴影笼罩。

他的气质是暗的，如黑白交集而出的那一滴暗色，已与孤独融为一体。年轻的脸上，带着颓废的神情。冷峻的棱角，仿佛雕刻而成。双眼孤傲如鹰，又有一种盲童般的茫然与天真。

窗外秋光的余温尚未褪去，21世纪的我隔着电脑屏幕，与他的目光对视，依然会产生强烈的偷窥的羞怯。

偷窥他的孤独，他浸染神秘情调的诗意，他绝望的内心之境，还有他在文字里留下的蛛丝马迹。

2

照片上是1900年的里尔克。二十五岁。岁月仿佛已经碾去了他成长的印迹，文字却为他保留了那一段隐晦的生命辙痕。

譬如，那一段暗涩的童年。

里尔克出生于布拉格，一座位于伏尔塔瓦河畔的古老城市，周边就是森林、田野、古堡、乡村、峡谷……美丽宁静如画卷。

童年时期的里尔克却从未有过宁静的日子，也从未感受过家庭的美好与温暖。他家境贫寒，父亲脾气暴躁、身体虚弱，经常与母亲争吵，对他动辄打骂。他的姐姐早早夭折，带走了母亲全部的爱与快乐。

里尔克的家庭，如同一个巨大病灶。

最后，母亲出走，他的家庭也被一刀切割成了两个除却回忆便再无关联的部分。

里尔克十岁那年被父亲送进圣波尔藤的一所军事学校。

学校严苛残酷的训练，让清瘦的少年不堪重负。

六年后，他因病离开，转入一家商校。在商校的三年，他对文学产生了浓厚的兴趣。他开始尝试写作诗歌，在一些刊物上发表，并坚信诗歌是上天赐予他的神圣使命。

1896年，二十一岁的里尔克从布拉格大学转往慕尼黑大学，主修哲学、文学和艺术史。新的环境进一步激发了他的创作欲，他的人生也随着诗心的引领，走向一方充满艺术气息的境地，那里蕴藏无尽可能……譬如爱情。

她是露·安德烈亚斯·莎乐美（Lou Andreas-Salomé）。一位芬芳盖过玫瑰的女人，一位屡次征服天才的女性。

1861年，莎乐美出生于俄罗斯圣彼得堡的将军府邸，当时，连沙皇也亲自写信来祝贺。莎乐美自小性情孤僻，却聪颖过人，勤奋好学，可谓是享尽家族的荣耀与恩宠。整个青少年时代，她都在用心钻研宗教史、文学、戏剧与哲学。刻苦的学习与广泛的阅读，使这位聪慧的少女汲取了源源不断的能量。

飞扬的文采，美艳的容貌，清贵的血统，成就了她的光芒万丈。

数年后，莎乐美的父亲病故。她陪着母亲四处散心，期望在旅程中开阔视野。

1882年，在罗马的圣彼得大教堂，莎乐美经人介绍，认识了大哲学家尼采。

"我们是从哪颗星球上一起掉到这里的？"庄严而微妙的氛围中，窗外的露珠渐次被晨光吻醒，尼采对眼前美妙绝伦的俄罗斯小姐，发出了如此钟情的一问。

而莎乐美对尼采并无心动，在爱情方面，她一直孤傲如鹤，即便面对这位思想大师，也只是单纯的欣赏。

他们结游相处时，尼采为她讲述学术，滔滔不绝。尼采也在她的面前倾诉自己的过往，在时间的推移与景物的变幻中，独自深深坠入情网。

几个月后，尼采放下所有的矜持，鼓起勇气向莎乐美求婚，却被她断然拒绝。

"回到女人身边去，别忘了带上你的鞭子。"彻底失去莎乐美后，尼采警世语录中又多了忧愤的一笔。

如深仇一样深爱。这句话在尼采身上算是得到了印证。

据说，尼采自此患上"仇女情结"，身体的某些部分与心理的某些部分一齐病掉了，渐渐地，从一个哲学怪杰，成为一个思想疯子。

1889 年，与莎乐美分开几年后的尼采在都灵大街上抱住一匹正在受虐的马，终于失去了最后的理智，同时也把几十年难解的孤独了却在了精神病院，以及人们的念慕与歆歔中。

而在 19 世纪晚期欧洲的知识沙龙里，莎乐美的风情，已经足以倾倒众生。

离开尼采后，莎乐美的才华逐渐显露。在外游历的几年，她先后创作了思想录《与上帝之争》、小说《露特》等作品，独特的思想与魅力，让其在欧洲文艺界的声誉与日俱增。

二十六岁时，莎乐美在荷兰与一位语言学家步入婚姻殿堂——那个痴狂的男人，在她的面前，用匕首刺进胸口的方式，俘获了她的感动与一个名分。

所以，他们有言在先，婚后的莎乐美不仅可以继续享受从前的生活方式，还可以不履行夫妻生活中做妻子的义务——她的灵魂与身体，都完完全全属于自由。

于是，莎乐美便可以把生活重心放在文学创作与交流上，在接下来的十年间，她以超前的写作手法，一共完成了八本著作与大量文章，丰硕成果令人赞叹。

3

1897 年秋，在阿尔卑斯山麓下的慕尼黑，里尔克遇见了倾慕已久的女作家莎乐美，开始了人生中炽烈的恋爱。

尽管当时莎乐美已经三十六岁，大了里尔克十五岁，但几次交往后，里尔克敏锐地感觉到，莎乐美身上具备了他对爱情的全部幻想。

"亲爱的夫人，昨天难道并非我享有和你一起等待破晓时光的特权？"

里尔克向莎乐美发出了一封又一封深情而浪漫的求爱信件："我要通过你看世界，因为这样我看到的就不是世界，而永远只是你，你，你……只要见到你的身影，我就愿向你祈祷。只要听到你说话，我就对你深信不疑。只要盼望你，我就愿为你受苦。只要追求你，我就想跪在你面前。"

莎乐美身边从来不乏优秀男士的爱慕与追求，但她奉行的原则一直没有改变，在爱情中，只选择与天才的灵魂共舞。

里尔克是天才，莎乐美自然识得璞玉。更重要的是，她也爱他，并愿意雕琢他，让他发出耀眼的光彩，实现应有的价值。

尼采之于莎乐美，或许只是学术上的引路人，而莎乐美之于里尔克，不仅是他集学识与优雅于一身的女神，也是可以照顾他生活的"母亲"，更是他精神上的导师、心灵上的伴侣与诗歌里的甜蜜恋人。

爱情，就是她带给他的一场神奇的溯游，他置身旅程之中，享受着情欲与精神的双重契合，灵感迸发，创作欲旺盛，欢愉之心形同婴孩最原始的吮吸——满足与迷恋，竟是如此美好。这样的美好，倾泻在他内心深埋的孤独之花上，散发的芬芳，已是致命的诗意：

挖去我的眼睛，我仍能看见你，

堵住我的耳朵，我仍能听见你；

没有脚，我能够走到你身旁，

没有嘴，我还是能祈求你。

折断我的双臂，我仍将拥抱你——

用我的心，像用手一样。

钳住我的心，我的脑子不会停息；

你放火烧我的脑子，

我仍将托付你，用我的血液。

——赖内·马利亚·里尔克《挖去我的双眼》

（冯至　译）

诗歌之于爱情，或许真正的深意并不在于挽留，而是在于铭刻与流传。

里尔克与莎乐美之间令人疑惑又艳羡的恋人关系，只保持了三年。

"一个作家的命运往往是被一个女人改变的"，恋爱期间，莎乐美用来源于母性的宠溺与鼓励不断地修复和完善着里尔克的人格，又用恋人的情怀，打开与慰藉他的孤独，接纳与热爱他的天真与沧桑。

她带着里尔克漫游了欧洲，与他深入讨论哲学、诗歌，告诉他内心世界的无垠广大，所思所想应从自我扩展到整个宇宙。

他们还一起光着脚在月光下轻舞，在树林中漫步，在玫瑰丛中拥吻，感知世间万物的悲悯与灵性。

行至莫斯科时，站在深邃的夜色中，里尔克已经可以清晰而疼痛地意识到，莎乐美带给他的一切信息及非凡的力量，早就毫无保留地进入了他的血液和心灵。

直至1900年，又一个落叶纷飞的秋天，在一次俄罗斯之行后，莎乐美向里尔克提出了分手。

她离开了他。

他们不再是恋人。

"真正的艺术家总是要经历无限的孤独和漫长的痛苦……你必须展翅高飞……诗人一方面将受到命运的加冕和垂顾，另一方面却要被命运的轮子碾得粉身碎骨。而你，天生要承受这种命运。"她说。

"是时候了。"她说。

对于里尔克而言，莎乐美的决定无疑是残忍的，令他一时间无法接受。他感觉整个世界都就此荒芜了，在诗歌中，他陷入幽寂的噩梦之境，是那样的茫茫不可自救："血液对我有什么用，如果它像酒浆一般发酵？它再不能从海中唤起他，那个最钟爱我的人。"

4

必须展翅高飞。

一段时间后，里尔克来到不莱梅，与雕刻大师罗丹的女弟子克拉拉·维斯特霍夫匆促结婚。

他用负气的方式，来寻找救赎。

然而，没有爱情的铺垫，即便克拉拉十月怀胎为他生下了女儿露丝，他们的婚姻依然沉重无比，就像是迫使成熟的果实，味道酸涩不堪。

此刻，有谁在世上的某处哭，
无缘无故地在世上哭，
哭我。

此刻，有谁在夜里的某处笑，
无缘无故地在夜里笑，
笑我。

此刻，有谁在世上的某处走，

无缘无故地在世上走，

走向我。

此刻，有谁在世上的某处死，

无缘无故地在世上死，

望着我。

——赖内·马利亚·里尔克《沉重的时刻》

（冯至 译）

在文学方面，里尔克很快迎来了他的创作高峰。在无边的痛楚中，他不断承受着灵魂与命运的驱使与折磨，令笔下的诗歌一再突破新的境界。

从自我，到超越自我，从虚无，到深入虚无。

一如当初莎乐美的预言，他真的一步一步，在孤独的淬炼中，成为欧洲诗人中独一无二的王者。

1902年，与莎乐美分开两年后，二十七岁的里尔克在巴黎写下《秋日》，一季之间便引发了全人类对孤独感的共鸣与认同。

在时间的流逝中，他孤独的内心世界，一如长河之蚌，怀抱痛苦的沙砾，孕育出诗的珍珠。

译者北岛深谙诗歌之情境，评价此诗时，就曾写道："有时我琢磨，一首好诗如同天赐，恐怕连诗人也不知它来自何处。正是《秋日》这首诗，使里尔克成为二十世纪最伟大的诗人之一。"

译者冯至亦有赞誉："诗歌所能带来的情趣就是从一颗心走进另一颗心，并且随之跳跃与感动。显然，里尔克的这首《秋日》做到了，并在百年的岁月里越发显得隽秀而光辉四溅。"

如同天赐。光辉四溅。"此刻谁没有房屋，已不必建造，此刻谁处于孤独，将永远孤独。"我们虽无法猜测一个季节对于一位诗人的意义，但当这些散发着田野芬芳的诗句在我们的舌尖翻滚之时，世间俨然已没有任何一个词，会比孤独二字更丰盛，更荒芜，更能代表万物灵魂中的未知与永恒。

于是，我们一面熟稔地将自己深埋于孤独之中，一面依然无法停止叩问：孤独，孤独，孤独到底是什么？它到底源于何方，归于何处？到底有多少人以其为蜜，为襁褓，又有多少人以其为药，为棺木？

答案无从知晓。

二十年后，里尔克完成了人生中最具有影响力的两部著作——《杜伊诺哀歌》与《献给奥尔弗斯的十四行诗》，他却因耗费大量精力而进入疗养院。

之后的几年，他一直生活在病痛中。

1926年秋，他在采摘一朵玫瑰时，被玫瑰刺扎破了左手。不想伤口竟引发了急性的败血症，促使先前的病情急剧恶化。

在离世之前，他给莎乐美写下了告别信："露，我无法告诉你我所经历的地狱之苦。你知道我是怎样忍受痛苦的，肉体上以及我人生哲学中的剧痛，也许只有一次例外一次退缩。就是现在。它正彻底埋葬我，把我带走……"

是年，秋光尽时，林荫道上落叶酣睡如死亡。

而死亡，收藏了诗人。还收藏了诗人所有的完美与破损。

里尔克安静地离去了。

按照他的生前意愿，如将甘甜的果实酿入浓酒，他被埋藏在一个古老教堂的墓地中，沉眠于大地的孤独。

安娜·布兰迪亚娜（Ana Blandiana）原名奥笛丽娅·瓦莱利亚·科曼，出生于罗马尼亚西部名城蒂米什瓦拉的一个牧师家庭，是罗马尼亚当代著名的女诗人。她的诗歌，饱含自然的神圣力量，干净而深刻，在词汇的组合与跳跃中，持续探索着宇宙与生命的无穷奥秘。她出版诗集十余部，作品在多个国家具有广泛影响。代表作有《第三种秘密》《目击者》《雨的魔力》等。

安娜·布兰迪亚娜

谁把故乡的星空擦亮

关于我们的故乡（节选）

安娜·布兰迪亚娜

……

我从夏天而来，
一个温柔的国家，
任何一枚落叶
都可能称之为亡者，
繁星让天空硕果累累，
当夜幕垂落地表，
稍微走近，你就会听到
星星被草尖挠痒时发出的笑声，
大片大片的花，
发出太阳的光芒，
刺痛你干燥的眼睛。

……

在自然的腹地，最初的诗意岂可被天地私藏？那里，一声鹿鸣，一节枯枝，一枚草籽，都是众神云集的地方。

1

"来谈谈我们的故乡吧——"

读这样的诗句，心里会有怯意。

是近乡情怯的那种怯。

时光如白驹过隙，多年前，我没有白驹可乘——我坐的是火车，老式的绿皮火车。孤独的火车奔跑在荒野上，星空下，驮着苍茫的夜色和少年的心事，一路向南，咔嚓、咔嚓、咔嚓……直到把家乡变成故乡。

后来，远行的绿皮火车就成了一个狭长的梦境。

夜色被撕裂，在少年的头顶纷纷扬扬。时至如今，我只要稍一闭眼，或是思绪的一个回溯，似乎还能迎面撞上那猎猎的风声。

在车顶昏黄的灯光下，我摸索着一排一排的陈旧座位，侧身坐下，然后吃力地推开车窗——睁大眼睛看着掠过原野的风灌进来。

那风声分明很久远了，却依然气息鲜活，带着无名站台的灯火，若有若无的狗吠，枯树中飞鸟的振翅，草丛中轻微的尿骚味……当然，也藏着无数岁月的刀枪。

2

这些年，音乐播放器里的曲子一直删删减减。听来听去总是那么几首老歌，钟爱的越发少了。

我想，我是被旧时光禁锢了。就像是一只贫瘠的蚌，被不断倾泻又不断流逝的流年掩埋在岁月长河的深处，却始终抱着身体里的那粒吸食回忆的沙，妄图将其凝成不朽的珠贝。

马修·连恩的《布列瑟农》（*Bressanone*）却一直收藏在歌单里。

在无数个漫长的深夜，我听着这首歌入梦，想象马修披发唱歌的样子，在陌生的荒原上，在时光的深海里，一句一句地把人唱老。

一列火车驰骋在星空下，那是布列瑟农的星空。

在那里，他要与亲爱的姑娘告别。

那曾是他们幽会的地方，地处佛罗伦萨与慕尼黑之间。静美的小镇被落落乡村包围，山谷中回响着教堂的钟声，山羊在牧场里漫步，青草蔓延至脚下，远处是高耸入云的雪山，到了晚上，无数的星星在天空汇集。

星河之下，连呼吸都情意绵绵。

离别的时候，在附近的乡村火车站，他看到她眼泪中依稀有星空的倒影。布列瑟农，那个将爱情收藏的地方，顷刻充满了忧伤。

星光拂面，火车奔驰，睡梦中，一首歌在他耳边响起，有异常美妙的旋律与歌词。醒来后，火车到站，他奔向最近的咖啡馆，用一张餐巾纸把梦里所得全部记下：

我站在布列瑟农的星空下，

星星在布雷纳上空闪耀，

星辉同时撒向你那边，

请你轻柔地放手吧，我必须远走。

我的火车将把我带到天涯，

但我的心已永远留下。

《布列瑟农》由教堂的钟声开始，一声，一声，又一声，像几滴酽浓的墨，融化在夜色中。

曲终，人散，咔嚓，咔嚓，咔嚓……火车驶向天涯，只余寂寞和忧伤如野草一般生长。

于我而言，马修的这首歌，一直与听歌的记忆骨肉相连。

这些年，每次遇到老式的绿皮火车，都会忍不住恍惚一下——在哪一节车厢里，坐着离别的恋人，在哪一节车厢，又坐着青涩懵懂的女孩，一如当年的我呢？

而那一年，没有恋人供我告别。

在老火车开动的声音中，我告别的是生养我的故乡。

3

马修·连恩有着被大自然吻过的喉咙，所以声线中有野兽有蔷薇，有星空有荒原。

他热爱自然，热爱世间一切生灵。或许正是因为他与自然长年有着最亲密的接触，自然才愿意赐予他特殊的禀赋。

安娜·布兰迪亚娜同样有着一颗被大自然吻过的诗心。

安娜的家乡在蒂米什瓦拉。那是罗马尼亚西部的一个城市，美丽的贝加河穿过大平原，滋养着点点城堡与村落。

20世纪四十年代初，安娜在那里出生。那时，她的名字还是奥笛丽娅·瓦莱利亚·科曼。在大自然的怀抱里，她茁壮成长着。

安娜很喜欢自己的家乡，但是由于家庭的原因，到了要入学的年龄，她却一直生活在外地。在临近匈牙利的奥拉迪亚市，她念完了小学和中学。

从小学对诗歌产生兴趣，到中学时期的广泛阅读与尝试写诗，她深深被诗歌这一体裁吸引。用最简洁的语言，最简单的意象，来表达最深沉的思想与情感，是她最感兴趣的事情。

第一次用安娜·布兰迪亚娜作为笔名发表诗作时，她还未满十七岁，还是个中学生。

后来，她考入克卢日大学语言文学系，毕业后，随全家移居首都布加勒斯特，在那里，她成为一名杂志社编辑。

编辑的工作繁忙而充实，偶尔也会到异国他乡出差，参加某种国际的写作项目。

而早在1964年，读大学二年级时，她就成功出版了第一本诗集《复数第一人称》，成为诗坛的新星。

1966年，她又带着油墨未干的第二本诗集《脆弱的足跟》参加了芬兰拉哈蒂国际诗歌节，从此名声大震。

......

从思绪，从爱，

或者仅仅从睡梦，我醒来了，

晕眩而欢喜，

披衣起床，

光脚踩进鞋里

醺然走在街道上，

幸福地到处打听；

现在是哪一年，哪一月？

——安娜·布兰迪亚娜《愿望》

工作之余，写诗是安娜最喜欢做的事，已成日常所需。稿纸上的气息让她对时间生出无穷的迷恋。当笔尖在纸上游走时，她就会从一片落叶上，获得大自然的美妙耳语，以及神明的启示。

是时，家乡那个词的意义，在她的生命中，就像偶尔落在心间的柔软云朵，已经变得蓬松而遥远。只有将其珍藏在文字的倒影中，俯首静静怀想与观望，才感觉不会因为距离而与现实里的美好错身。

1977 年，布加勒斯特发生了一场大地震。在那场突如其来的灾难中，许多房屋倒塌，更有数以千计的居民丧生。

安娜·布兰迪亚娜所居住的公寓也未能幸免。

幸运的是，她还活着。

劫后余生，她决定远离城市，投入大自然的怀抱。

她很快搬到了多瑙河畔的一个村庄生活，静心与文字相守，无尽探索内心以及大自然的美好与秘密。

脱离了城市，在美丽的多瑙河畔，她陆续出版了《睡眠中的睡眠》《蟋蟀的眼睛》《掠夺的星》等十几部诗集，以及《目击者》《我写，你写，他和她写》《四季》《过去的方案》《镜子走廊》《音节城市》等多部优秀的小说和散文集。

她是如此喜爱她的村庄，一点点地把村庄的景物都写进诗歌里。

写她轻轻掀开夜幕，就能听到田野深处植物破土的声音。

写在更深的夜间，星星兴奋地闪烁，玉米叶子发出阵阵声响。

写青草在雪地下收紧呼吸，白杨树把根部伸进教堂，小鸟停驻，虔诚的钟声被一片雏羽打翻。

写青苔覆盖住诗人的沉默，在一只蝴蝶振翅的瞬间，时间纷纷坠落，没有一丝重量。

好像回到儿时的故乡一样。

4

夜如长河，我在灯光下写下关于故乡的文字，仿佛能看见时间在指间奔涌，我的记忆是湿答答的乱麻，联结着过去和未来，也牵系了现在。

古人结绳记事，溯源往事的人则需要重新解开一个个绳结，过程让我一度胸口发紧。

幸而写完之后，白日朗朗，窗外的光线如长绳一样抖动，我闭上眼睛，长舒一口气，身子竟松绑似的蓦然一轻。

我知道，自己内心深处的那一块冰，终于是化掉了。

印象中有人说，作家终其一生都在写童年和故乡。

这句话或许太过绝对，但我还是相信，一个人的童年经历和成长环境，对其生命的影响和个性的塑造都是深刻且永恒的，也接近于莫言的那句"故乡的经历，是任何一个作家都难以逃脱的梦境"。

我曾混迹灯红酒绿的繁华都市，隐去自身的来处，一如翠花幻化成海伦，然而只要一开口，舌尖上滚动的乡音就出卖了它的主人。连同我的味蕾，我的肠胃——很多次，吃完西餐后，它们都迫切地需要一块腐乳的抚慰。显然，对于故乡，它们的情感比我更为深浓，更接近生命的本相与本能。

不可否认，故乡是我生命历程里不可替代的地理坐标，也是令故我成为今我的那条路。

很多人写一辈子，不过是渴望获得他人的懂得。也有很多人，写作，只是为了达成与自我的和解。就像有人用小说给记忆寻找归宿，如马尔克斯那般，给童年时代的体验寻找一个完美的家园，也有人用散文为生命打捞自由，如孜孜不倦的刻舟者，打捞丢失在长河中的宝剑。

也有人用诗歌，做一个售梦者，一个修补心灵和童年的人。

安娜·布兰迪亚娜一直在写诗。

目前，她已被文学评论界公认为是第二次世界大战以来罗马尼亚最具艺术价值的女诗人之一。

世界各地，都有为她着迷的读者。

"布兰迪亚娜的诗歌既有力量，又有魅力，首先是思想的魅力，它在舞蹈，在寻找着那些悦耳、透明的物质，并用这些物质进行着一场卓越的精神游戏。"罗马尼亚科学院院长、著名文学评论家欧金·西蒙说。

诗人，本就是个文字的艺术家。

在她的笔下，一切皆可入诗。眼睛看到的，耳朵听到的，心灵捕获到的。从赞美，到品味，从思索，到探讨。一切都是简单的，一切又都是神秘的。

回归乡村后，她曾在文中表示："我开始梦想着写出简朴的，椭圆形的诗，这些诗应该具有儿童画作那样的魅力。在这些画作面前，你永远无法确定图像是否恰恰就等于本质。"

诚然，在天与地之外，在物质与心灵之外，在词语与图像之外，一首好的诗歌，可以给读者营造多种与多重的空间。

但我依然深信，是自然与乡村的诗意赋予了她神秘的力量，可以提炼灵魂的纯度，抵达智慧的核心。

"上帝等待着人在智慧中重新获得童年。"

在自然的腹地，最初的诗意岂可被天地私藏？

那里，一声鹿鸣，一节枯枝，一枚草籽，都是众神云集的地方。

又想起马修·连恩的一段述说。大抵是关于他与自然，与生灵，与音乐的隐秘因缘。而那最初的溯源，就在他的故乡，他的童年里：

"我母亲一直是个大自然的爱好者。她常常带我和我的侄子去爬山，一天大约爬十五公里到二十公里，回归到山林中去露营。这总是又好玩，又充满了美感。

"在我大约六岁的时候，有天一大清早，我们登山穿越过山林。空气清洌湿润，仿佛才从夜气中醒来，阳光才刚刚开始照耀在树顶与围绕着我们的山尖上。当我们穿越过森林，来到了茂密的一小片草地，草儿长得高而翠绿。每个人都忽然站住，仿佛被什么巨大的东西惊住。然后我也看见了。在草地上的晨光中，站着一只巨大的公鹿，头上的叉角雄壮地举起，吐出的气仿佛晨雾中的烟气。每个人的心中都升起了如此的宏伟与惊艳之感，好像我们直直看入了神的脸。我觉得我是与神面对面了。而后它忽然奔入森林，消失无踪。"

我很喜欢这一段话，仿佛可以修复心伤。

我虽没有见过那样的森林，那样的公鹿，但记忆中亦有不朽的神迹，与血脉之情，与生养之地，息息相关。

5

那时，我在耳屋的谷仓内，猫着身子，给仓外的母亲递稻谷。一撮箕，一撮箕，又一撮箕。一抬头，就能看见母亲头顶灰白的一丛发。母亲举起双手接过稻谷，"哗"的一下将它们倒进箩筐里。

不一会儿，仓内的稻谷就被我刨出了一个大坑，我喜欢坐在里面，耗子一般地钻来钻去，也不怕痒，鼻子贪婪地闻着那谷物的香味，被阳光暴晒过的香味，被星空抚摸过的香味，被母亲汗水亲吻的香味，化肥的香味，时间的香味。

母亲在仓外唤我的小名，说"满了，满了"，我在仓内央着母亲，"再玩一会儿，再玩一会儿"。

耳屋顶上的亮瓦漏下青色的光柱，浮尘飞舞，光芒落到谷仓里，那些饱满金黄的稻谷就成了为我涌动的江河。

谷仓里，成群的蛾子扑扑地飞舞，它们拍打着短小的翅膀，在我的身上起起落落，发出细微的闷响，宛若祷词。

后来，母亲去世，我离家，谷仓也拆了。耳屋寂寞地空着。箩筐放在墙角，结着蛛网，睁着一双空洞的眼睛，望着我。

蛾子都飞走了。墙上依稀有它们产下的卵，时间太久了，只剩下了黏黏的碎屑子，在空中不舍地悠荡着。

却多了一丛泡桐树的绿芽，怯怯地从屋外钻了进来，细细瘦瘦的模样，在光柱下晒着被岁月过滤的阳光，无忧，也无求。

前几年因心有深壑，便妄想用一些温暖的气息来填补。

那段时间，我疯狂地想念谷仓的味道。于是，我开始尝试吃大米。生的大米，越毛糙越好。毛糙，才能最大程度地粘连着稻谷的记忆，童年的记忆。当那些坚硬的大米被我的牙齿磨碎，乳白的米浆抵达舌尖时，我仿佛又回到了那条稻谷的江河里，蛾子在我肩上"嗒嗒"地飞……

如此，精神上的某种需要便获得了奇异的满足。那些旧事的脉搏与体温，又回到了我的身体里。

也时常想起那年在汉江边，我就那样望着白茫茫的芦花出神。

我的嘴巴不说话，我的眼睛不流泪，只会用年少的思想跟芦花交换乡思。心里念一句"日暮乡关何处是，烟波江上使人愁"，时间就深了，暮色就上来了。

清霜落在我的鼻尖，像一记又一记清凉的吻。

暮色中，江水倒越发清亮了，娓娓无声地流过卵石，端住一丛芦花的影子，又绰绰地缱绻而去。

那些倦飞的野鸭，"扑拉，扑拉"地落到芦苇丛中，也不怕人，就那样齐刷刷地望着我，它们模样慧黠，眼睛黑溜溜的，在清寒的空气中闪着温和的光，似两颗刚刚洗过的小豆子，精明、脆弱、神秘。

6

来谈谈我们的故乡吧——

安娜·布兰迪亚娜在诗中告诉我们，她的故乡，在一个脆弱的国度。任何落叶都可能叫它灭亡。故乡的天空布满了星星，如此沉重，有时垂到了地面，稍稍走近，你会听见那些星星被草胳肢得笑个不停。大片大片的花，犹如太阳，刺痛你干燥的眼眶，每棵树上都挂着无数圆圆的太阳。那里除去死亡，什么也不缺少，太多的幸福，让你昏昏欲睡。

又苍凉，又温暖。

如张爱玲所说，生命这袭华丽的袍子，底子总是苍凉的，上面还爬满了虱子。可那些虱子身上带着被记忆孵出的体温，才是供我们灵魂栖息的暖意。

读这样的诗，我也是宁愿就那样昏昏欲睡的。

被她笔下隐秘的安宁所感召。背着心中的野火，置身于故乡的天空之下，任凭耳畔记忆的车轮滚滚，时间的马蹄萧萧。

在那里，星星沸腾，大地岑寂，每一个缝隙间，都充满了聆听的生命。

一朵欢笑的花，散发出自由的香息，便与慈祥的神明无异。

自由是什么呢？

这真是一个哲学层面的问题。

而我能想到的关于生命关于自由的最初的记忆，就是童年时躺在堂屋前的草丛里和小狗一起看云的日子。

故乡无所有，屋上多白云，那样的日子，终归是远去了。

成年后读到杜甫的句子——"天上浮云如白衣，斯须改变如苍狗"，心中不免凛然一惊，如遇诗谶。

我只能说，在一个漫长的深夜，我试图用文学的方式走近我终将失去的故乡——在那片土地上，我的文字，光着脚丫，正穿着白云一样的衣裳。

譬如此刻，日历上显示，今日大雪。

而我的窗外却是阳光普照。

恍然中，只觉岁月如流，季节若失。

不知道我的家乡落雪了没有？

记忆中家乡的雪夜星空，真是美极了的。万物落雪、大地的锋芒纳藏，只余白云逐苍狗。低头问一句，能饮一杯无？也不需要有人来回。

在风雪夜归人的心境中"吱呀"一声推开柴门，雪中传来的打铁声就格外清脆好听了。一群煤核儿在炉灶里闪烁着通红的光，熟透的食物香气一股一股地冒出来，就着一碗老酒的微呛，门也关不住，窗也捂不住。

天上的星星像被擦过一样，亮晶晶地望着山村的夜色，泻下一片微蓝的寂静。

真是好久没看过那样的星空了。

是我把它弄丢了吗？还是因为长久埋首于生活的晦涩，一颗蒙尘的心渐渐忽略掉了它本身的光芒与美？

总得有人去擦亮星星，

它们看起来不再璀璨，

总得有人去擦亮星星，

老鹰、八哥以及海鸥，

一直在抱怨，星星已陈旧和黯淡。

——童话诗人谢尔·希尔弗斯坦的《总得有人去擦亮星星》

总得有人去擦亮星星。

安娜·布兰迪亚娜用诗意，治愈了时间里的伤痕，又对自然与乡情，一生挚爱如婴孩。

所以，她脆弱的故乡，虽然沉重，却也幸福。

我想，这一切，都是因为星光里蕴含着最神奇的际藏——而安娜·布兰迪亚娜，正是那个肯为故乡擦亮星空的人吧。

茨维塔耶娃·玛琳娜·伊万诺夫娜（Марина Ивановна Цветаева，1892 年 10 月 8 日—1941 年 8 月 31 日），生于莫斯科，六岁习诗，1910 年出版第一本诗集《黄昏纪念册》后，才华渐露。勃留索夫认为她是"不容怀疑的天才诗人"，她的诗可流露出"惊心动魄的内心隐情"。但因为时代的动荡，茨维塔耶娃的生活与创作深受影响。长期的苦难与流亡经历，让她笔下的诗歌在生命和死亡、爱情和艺术、时代和祖国等大事的主题下，悲情又激情地奔腾不已，直至 1941 年自缢身亡。茨维塔耶娃在小说与剧作方面，也颇有成就，诗歌创作更是具有不朽的、纪念碑式的意义。在 20 世纪世界文学史上，她占有着重要的地位，被誉为 20 世纪俄罗斯最伟大的诗人之一。

茨维塔耶娃

人生总是那么痛苦吗？还是只有青春 ……

青春

茨维塔耶娃·玛琳娜·伊万诺夫娜

1
我的青春，我那异己的
青春！我的一只不配对的靴子！
眯缝起一对红肿的眼睛，
就这样撕扯着一页页日历。

从你全部的收获中，
沉思的缪斯什么都没有得到，
我的青春！——我不会回头呼唤，
你曾经是我的重负和累赘。

你常在夜半梳理着头发，
你常在夜半来磨快箭矢，
你的慷慨像石子似的硌着我，
我蒙受着别人的罪孽。

不曾到期我就向你交还权杖，
莫非是心里贪图美味佳肴？
我的青春，我迷惘的
青春！我的一块红色的布片！

2
很快从燕子——变成女巫！
青春！我们马上将告别……
让我与你在风中小站片刻！
我黝黑的青春！请安慰你的姐妹！

让紫红的裙子像火苗一般闪烁，
我的青春！我肤色黝黑的
小鸽子！我的灵魂的碎片！
我的青春！安慰我，跳舞吧！

挥舞着天蓝色的纱巾，
喜怒无常的青春！我俩
尽情玩耍！跳吧，跳得热火朝天！
别了，我金色的青春，琥珀的青春！

我不无用意地握起你的双手，
像告别情人一般与你告别。
从内心深处迸发出来的青春——
我的青春！走吧，去找别人！

（汪剑钊　译）

我想和你一起生活在某个小镇，一起享用无尽的黄昏和亘古延绵的钟声。在小镇的旅馆里——古老的钟轻微走动的声音，如时间滴落在空气里。

1

指针跳转至午夜。

幽闭的房内，裸身的少女坐在床边，修长的身体与苍白的床单构成一个十字架。

那个古老而神秘的生殖符号，向我们透露出来自生命私密之处的信息：苦难、复活、宗教内部的庄严。

沉滞的暗色中，她光洁的躯体是初生的光源，映照出人性中最本能的羞耻感。也如同隐喻，散发出来历不明的黏稠气息。

空气扩张，墙上巨大的黑影仿佛随时都要苏醒，将房间吞噬。床边的少女，对这种危险毫无所知。

她双腿并拢，两手交叉，木讷又本能地遮住身体的最大私密，眼神焦虑、迷茫，无处依赖、无从解脱……似乎已放弃对记忆的搜寻，正试图随着时间，进入另一个思维空间。

连同青春。

青春，那一颗蓬勃的种子，已在她体内，在被幽禁的密林深处，发出一声沉重而潮湿的尖叫。

——爱德华·蒙克（Edvard Munch）的《青春期》。

十九世纪末的作品。时间流转至今，画上的青春，依然有着被远古魔语环绕的惊恐……暗夜不去，梦境不醒。

此刻，夜色欲浓，在静谧的灯光下注视着画面，我不得不臆想着，被记忆穿透的时光里，属于青年时期的蒙克的那双手，是怎样抑郁地抚过画布，带着强烈的欢愉与痛楚，从松节油弥漫的植物香息中，与黑夜兀自相遇，继而流露出孤独与隐忧。

对于一个长期生活在苦难与病痛中的画家，蒙克的内心，其实一直是一个病孩的状态。

暗涩的童年、逼仄的青春，一路见证着那至死无法治愈的顽疾。

所以他说："我像一个病态的生物来到了这个世上，在这病态的人间，我的青春就像是其中的一间病房……我的生命因此不再完整。"

青春是一间病房。

就连阳光下残余的人间温暖，也将在连续使用的药片、针剂、消毒水中渐渐消隐、殆尽。不完整的生命，苦难重重。随意拾起其中一块被绞碎的灵魂碎片，上面闪烁的诗意，都是致命的利器——足以杀死青春。

2

被诗意杀死。幽沉而险象环生的青春。

让人想起茨维塔耶娃。

这位俄罗斯白银时代的杰出女诗人，从六岁起，就在她钢琴家母亲的影响下开始练习诗歌写作，关注灵魂的浪漫之美。

在青春时期，她已深入地阅读过所有十九世纪俄罗斯经典诗人的作品，普希金、莱蒙托夫、涅克拉索夫……谓之身体中流淌着"普希金的黑色血液"，思考的是人生中爱情、死亡、信仰的意义。

她出版诗集，不断与心中的幻想、灿烈、温柔等情境对话。

她用整个的青春岁月，成长为一个旁人眼中的异数、诗坛里的天才。她犹如光阴里的小小女巫，执掌着文字魔棒与十字架，令人感到惊喜，也令人感到不安。

人说好的文字，应像少妇杀夫，既美且狠。那么读茨维塔耶娃的诗，就犹如目睹一场少女自残。

在茨维塔耶娃的中学年代，为了宛若爱情的幻觉，她可以写上无数诗歌，情深到万劫不复；也可以在对方报之以冷漠后，买上一把手枪，去曾经上演过心爱作家戏剧的剧院自杀。当然，她并不知道，枪内装的原是一枚哑弹。

自杀未遂后，她写下《祈祷》，将在剧院中闻到的死亡的第一道气味，用诗意的瓶子盛起来，隆重地敬献给了自己那红色绸缎般的十七岁：

基督和上帝！我渴盼着奇迹，

如今，现在，一如既往！

啊，请让我即刻就去死，

整个生命只是我的一本书。

……

我爱十字架，爱绸缎，也爱头盔，

我的灵魂呀，瞬息万变……

你给过我童年，更给过我童话，

不如给我一个死——就在十七岁。

（汪剑钊 译）

——茨维塔耶娃·玛琳娜·伊万诺夫娜《祈祷》

3

哦，十七岁。

青春这两个字，带着陶片的质地，粗粝、易碎，也是记忆的容器。如同身体里的某个器官，在那一段岁月里，尚且拥有最初的洁净。

"我真喜欢那样的梦，明明知道你已为我跋涉千里，却又觉得芳草鲜美，落英缤纷，好像你我才初初相遇。"

席慕蓉的诗。

天苍苍，野茫茫，这个身体里奔腾着蒙古族血液的女人，心中自有情意的江河浩荡，又善于将其妥帖地流淌成最明澈的样子。

那个在学校说喜欢我的少年，就曾把这样的句子夹在信封里送给我。

而彼时我与他相隔那么近，却宁愿在一个又一个的黑夜，捧着别人的诗歌哭得一脸鼻涕，也不敢买上一张车票去拉他的手。

在鸟窠一样的被窝里，翻着薄薄的信件，苍白的青春如夜空将我覆盖，落下的却是铁锈一般的碎屑子。

古龙的书里说，岁月如摧，往事如宝剑出鞘不归。

好一个岁月如摧。

这些年，在未完成的小说里，我执意地安排女主角在十七岁遇见她的爱情，又让那爱情，在她青春盛开到最艳烈的时刻，蓦然凋零。或许是我知道，宝剑出鞘的一刹总是最美，誓死不归的锋芒才最惹人追忆。

犹记得多年前，偶遇一个校友网站，我寻到曾经熟悉的班级，竟看到他的名字。挣扎了片刻，还是颤抖着手打开了他名字的链接。

顷刻间，窗外是风起云涌的花香，我关上电脑，站在腥气四溢的厨房里，沉默地切割着一条死去的鱼，满手血污……想起曾经的青春以及网站里他那张幸福得发胖的脸，内心一阵钝痛，却掉不下一滴眼泪。

是的，我的青春，我那野蛮生长的青春，并非死于岁月的刀剑，也非亡于老去的情怀，而是绝命于美好的幻想。

4

1916 年，俄国十月革命以前，茨维塔耶娃曾写下一首《我想和你一起生活》。

彼时，她已结婚并出版了第二部诗集。然而相较于她笔下那些既情深又毒辣、沸腾如岩浆、饱含决绝之美的文字，这首诗的面世，在她那与苦难血肉相连的一生里，无疑珍藏了对爱情最温柔的一瞥。

形同水晶球里的美好牧歌，慵懒的花香随着虔诚的钟声起伏滴落，绵绵不绝：

我想和你一起生活

在某个小镇，

一起享用无尽的黄昏

和亘古延绵的钟声。

在小镇的旅馆里——

古老的钟轻微走动的声音

如时间滴落在空气里。

暮色降临的时候，顶楼的房间里笛声流泻，

吹笛的人倚在窗边，

窗台上的郁金香正在朵朵盛放。

这样的时刻，你如果没有爱上我，我也毫不介意。

在屋子中心——有一个瓷砖砌成的火炉，

每块瓷片上都有一幅画：

一颗心，一艘帆船，一朵玫瑰。

而我们透过唯一的窗户张望，

雪，雪，雪。

你会躺成我喜欢的样子：慵懒，淡然，冷傲。

你几次擦亮火柴的声音微微刺耳。

香烟的火苗渐渐熄灭，

烟的尾部轻轻颤抖

灰白的烟蒂已经很短了——连烟灰

你都懒得弹落——

香烟随着一道弧线被扔进火炉中。

——茨维塔耶娃·玛琳娜·伊万诺夫娜《我想和你一起生活》

（小满　译）

我是极爱这首诗的。词句与语境带来的美好氛围，真是让人向往。

在一个用梦境编织的小镇，在雪花飞扬的黄昏，她往炉子里添了一把柴薪，然后靠在门口听笛声。

火光跳跃着，照亮了她的脸，让她看起来如一朵羞赧的玫瑰花。

而他在一旁悠闲地抽烟，漫不经心地吐着烟圈，就像一条鱼，在光影中吐着泡泡。

5

然而，仅在短短一年后，茨维塔耶娃的生活就变成了白色的冬天。

雪花一样绝望的白，纷纷扬扬将她覆盖。

1917 年俄历 10 月，随着革命的爆发，她的丈夫谢尔盖·艾伏龙毅然应征入伍，在军队里经历种种凶险，发誓要为拯救国家而流尽最后一滴血。

艾伏龙的离开，导致了他们夫妻之间四年的分离。

在那个动乱的年代，战火带来的苦厄与恐惧，深刻地影响了茨维塔耶娃。

战火纷飞，诗集已不能出版，但茨维塔耶娃依然坚持写诗。

1918 年，她在诗歌《我将一把烧焦的头发》中写到青春，残忍而贴切地将其比喻成了金色头发化作灰烬的过程——"又聋又哑，变得像枯萎的苔藓，像一声逝去的感叹……"

这样的感叹，与浪漫的黄昏无关——钟声只能为亡魂哀悼，温暖的炉火熄灭，洁白的天鹅飞走，留下的是乌鸦、血迹、废墟……满目苍凉。

1919 年秋，无依无靠的茨维塔耶娃忍痛将两个女儿送进库恩采夫育婴院。

然而覆巢之下，安有完卵？育婴院很快沦为废墟。茨维塔耶娃重病的大女儿阿利娅被遣送回家，小女儿伊利娜更是不幸被活活饿死……她跌入生活的深渊，饱受穷苦与孤独的折磨，度日如年。

　　茨维塔耶娃不知道，眼前的苦难，对于百姓来说，仅仅是拉开了序幕，接下来的日子，战争将把城市变成人间地狱。

　　在冰冷的阁楼上，没有木材可供燃烧，她带着年幼的女儿，只能用书籍生火取暖。

　　到了夜间，阁楼如同冰窖，耳边不断划过炮火的声响，她抱着女儿，不断用诗歌寻求心灵的救赎，就像卖火柴的小女孩在寒冷的街头，不断划亮手中的火柴。

　　1922 年，艾伏龙随着溃败的弗兰克尔军队逃离到了捷克。

　　那个一生渴望和平又渴望冒险的男人，在对白军的行为感到失望后，在异国他乡脱下了军装，选择进入布拉格大学学习。

　　身处莫斯科的茨维塔耶娃得知丈夫尚在人世后，不禁欣喜若狂。在朋友的帮助下，她终于拿到了签证，被获准出国与丈夫团聚。

　　是年五月，茨维塔耶娃带着女儿抵达德国柏林，在柏林暂居一段时间后，又于同年八月迁往布拉格郊区。

　　1925 年冬，茨维塔耶娃随夫带着女儿与刚出生不久的儿子，移居至法国巴黎，开启了她生命中又一段长达十四年的流亡生涯。

　　在巴黎的那些年，她面临的是常人无法想象的窘迫。

诗作不能发表，丈夫工作不顺，没有稳定的经济来源，衣服都是从朋友那里讨来的，只能每天不停地做工来贴补家用……就连去跟朋友会面的路费都没有。

在写给朋友的信中，她如是倾诉道："我的整个青春时代都是在做粗活。莫斯科？布拉格？巴黎？圣吉尔？到处都是一样。炉子，扫帚，金钱（没有金钱）。时间总是不够用……我对成为一个幸福的女人，要求非常之少，自己的写字台，自己人的健康，任何的天气，全部的自由——就这些！"

直到 1939 年 6 月，茨维塔耶娃回到了故乡。

她阔别多年的故国苏联，那片被她视为"记忆与血液中存在着不可抗拒性"的土地，又用一次大清洗行动迎接了她。艾伏龙与女儿相继被捕入狱。

在生养她的莫斯科，茨维塔耶娃竟寻不到一丝温暖。她的妹妹被流放西伯利亚，她从国外带来的物品也被全部扣押，又冷又饿的夜晚，她带着年少的儿子，只能露宿街头，随时都可能有性命之忧。

后来，茨维塔耶娃终于找到了一份翻译的工作，有了落脚之地。但工资微薄，并不足以支撑生活。她的儿子总是生病，困顿的时候，她甚至没有钱为孩子买药，没有钱点煤油灯……活着，如同深陷寒沼，在泥淖中，每一天都举步维艰。

在很多个夜晚，她觉得生无可恋，唯有文字，是头顶微弱的星火。

1941 年 8 月，纳粹的铁蹄踏进莫斯科，茨维塔耶娃与儿子被疏散到了鞑靼自治共和国的叶拉布加镇，失去了最后的希望。

那个小镇不需要翻译，不需要诗人。

生活所迫，茨维塔耶娃向当地作家基金会即将开设的食堂申请当一名洗碗工，却也遭到了拒绝……

她在自传中写道："我对生活中的一切都是在诀别时才喜爱，而不是与之相逢时；都是在分离时才喜爱，而不是与之相融时；都是偏爱死，而不是生。"

8 月 31 日，一个晴朗的礼拜天，贫病交加的茨维塔耶娃在狭小的房间内，用一根绳索自缢身亡。

"请原谅我，我已陷入绝境。"茨维塔耶娃在遗书中写道。

彼时，死亡，已是她在那个时代唯一能自主的权利。

茨维塔耶娃死后，当时的叶拉布加小镇，仅仅给予了她一个普通女人的葬礼。

在一处荒郊，一座孤独的坟墓旁，给她象征性地立了一个十字架。

"作为一个诗人而生，并且作为一个人而死。"

与茨维塔耶娃同时代的诗人爱伦堡曾经这样评价她。

她是天生的诗人。

她的青春是一间病房，她余生的苦痛都是从那间病房出发。

"从你全部的收获中，我心底的缪斯一无所获，我的青春！——我不会回头呼唤，你曾是我的累赘与负担。"

此刻，当我的指尖在键盘上抖落最后一个字，把视线重新回到蒙克的画上，整个身体的力气也似乎被抽空……仿佛半生俱老，半生俱失。

电影《这个杀手不太冷》里，玛蒂尔达问里昂："人生总是那么痛苦吗？还是只有小时候……"

里昂回答："总是如此。"

是啊，亲爱的茨维塔耶娃，生命如此沉重，又何止青春。

伊丽莎白·芭蕾特·勃朗宁（Elizabeth Barrett Browning，1806 年 3 月 6 日—1861 年 6 月 29 日），又称勃朗宁夫人，是英国维多利亚时代最受人尊敬的诗人之一。她出生于英格兰，十五岁时因骑马跌损脊椎，从而导致下肢瘫痪。三十九岁时，她结识了诗人罗伯特·勃朗宁，在爱情的呵护下，生命从此打开新的篇章。她笔下的诗歌，都具有炽热充沛的感情和扣人心弦的力量，语句精炼美丽，才气横溢，深情而感伤。其风格对艾米丽·狄金森、艾伦·坡等人都有深切影响。代表作品有《葡萄牙人十四行诗集》《奥萝拉·莉》等。

勃朗宁夫人

我爱你就像最朴素的日常需要一样

我是怎样的爱你

伊丽莎白·芭蕾特·勃朗宁

我是怎样的爱你
我是怎样的爱你？让我逐一细算。
我爱你尽我的心灵所能及的
深邃、宽广和高度——正像我探求
玄冥中上帝的存在和深厚的神恩。

我爱你的程度，就像日光和烛焰下
那每天不用说的需要。我不加思虑地爱你，
就像男子们为正义而斗争；
我纯洁地爱你，像他们在赞美前低头。

我爱你以我童年的信仰；我爱你
以满怀热情，就像往日满腔的辛酸；
我爱你，抵得上那似乎随着消失的圣者而消逝的爱慕。

我爱你以我终生的呼吸、微笑和泪珠——
假使是上帝的意旨，
那么，我死了我还要更加爱你！

（方平　译）

只因你是你，所以我爱你。爱如指纹，不可能生长
在除你之外的任何一个人身上。

1

伊丽莎白·芭蕾特。

这个名字曾伴随了我小半生。

很多年前的一个春天，我出生在达拉谟郡——英格兰的一个幽静
乡村。

在那里，我度过了无忧无虑的童年。

我有十一个兄弟姐妹，我们围在一起，就可以排练精彩的舞台剧。

我喜欢阅读，喜欢用脑海中天马行空的思绪去编织另一个世界。

我读莎士比亚，读但丁，也读《荷马史诗》——亚历山大·蒲柏
的译本。

八岁时，我开始学着像蒲柏那样写诗，用奇妙的英雄双韵体，歌
咏希腊神话中的英雄传说。

那些来自远古的神启，一直令我敬畏与沉迷。

十三岁时，我已经拥有了自己的诗集。

那是一部咏叹马拉松战役的四卷史诗，以蒲柏的风格写成。感谢
父亲，他把诗稿拿去印厂，一共印了五十册，以精美的装帧与郑重的
形式，为我保存了文学梦想发出的第一道光芒。

除了诗集，我还有一匹小红马，也是父亲送给我的礼物。在自家的庄园，我经常骑着它，迎着夕阳用马蹄探访每一寸土地，与山谷里的蝴蝶亲吻，与小溪里的鱼儿说话。

迎风驰骋时，霞光会像轻纱一样在我的身上飞舞，而我仿佛可以化成一阵风，奔跑在更深的风里。

十五岁那年，在一次骑马的时候，我意外跌落马下，脊椎受到严重损伤。

我瘫痪了，失去了自由。

便只能日复一日地躺在房间里，消磨生命与漫漫长夜。

但上天所赐予我的痛苦，并未止步于对身体的摧残。

接下来发生的两件事，更是让我深受打击，近乎崩溃。

先是母亲的离世。除了流泪，我不能最后一次拥抱母亲，甚至不能蜷缩起来抱住自己哭泣。

再是弟弟爱德华不幸溺亡。他是我最疼爱的弟弟。因父亲到伦敦经商，家人陆续搬至伦敦。只有爱德华一直陪伴在我的身边。他是个英俊而俏皮的小伙子，总是喜欢用各种方法逗我开心。

我的身体每况愈下。

不久后，家人把我接到伦敦疗养，也希望新的城市能够带给我新的心境。

我知道，对于一个瘫痪在床的人来说，其实生活，只不过是从一个房间，换到了另一个房间，从一张床，换到了另一张床。

我的视线，依然只能从透明的窗口延伸到一小片蓝天。

但是，我还是记得伦敦的浓雾和夕阳都很美。每天都有成群的鸽子飞过对面的房顶。它们在暮色中梳理羽毛，翅膀上驮着洁白的光辉。

就像诗歌。

幸而还有诗歌。

那一天，我读到一首诗，窗外是大团大团的云朵，金灿灿的阳光透过窗户，一只鸽子落在我的窗台上，用湛亮的眼睛望着我，犹如神灵的使者。

我开始写诗，为窗外神圣的时刻。

我还做翻译的工作，试着给杂志社投稿。

在光线幽微的暗夜里，在命运之神的囚禁中，我用颤抖的手指拿起鹅毛笔，在纸上沙沙地写字，一环又一环地计数着周身沉沉的无形的铁链，不断地与书中伟大的灵魂对话，笔下的诗歌，越写越多。

我默默地写，从最初的单首发表，到后来出版整部诗集，从低处出发，只为抵达深处。

1844 年，我的新诗集发行时，当地的报纸告诉我，我那些在痛苦与黑暗中淬炼的诗歌，受到了人们的热烈欢迎，我的名气已经能与诗坛中最耀眼的明星丁尼生并肩了。

那一刻，仰望着仰望了无数次的窗外，浮云褪尽，清风吹动身边的稿纸，仿佛是一群正欲展翅高飞的白鸽。

我闭上眼睛，感觉自己乘着那些白鸽，就可以飞起来。

那时的我还不知道，几个月后，原来真的有一个人，会为我解开捆绑在身上的"铁链"——他将牵着我的手，沿着微弱的星光，一路跋涉过荒野与幽谷，抵达文学的梦土，构筑爱情的天堂。

1885年1月10日，我收到了一封读者来信。署名是罗伯特·勃朗宁，一个热爱文学，才华却得不到社会认可的青年诗人。

在信中，他称呼我为亲爱的芭蕾特小姐，把我的诗歌比作花瓣："假使把这些花晒干，将透明的花瓣夹进书页，对每一朵花写下说明，然后合起书页，摆上书架，那么，这里就可以称之为花园了。"

他还告诉我，他疯狂地迷恋着我的诗歌……连同写诗的人。

我想起希腊神话中，英雄历尽艰险，只为解救被海怪用铁链锁住的公主，那么他会将我从命运之神的手中救出，成为我的英雄吗？

我苦笑着给他回了一封长信，赞美了他的才华，并期望双方以信件往来的方式，以文友的身份，在文学中寻找心灵的共鸣。

书里的故事告诉我，友谊这个东西，通常都比爱情来得长久。

不知不觉间，我与勃朗宁之间的通信已进行了四个半月。

近乎一天一封信的频率。

我们谈文学，谈诗歌，谈人生，谈信仰，也谈论世间的感情。在那些文字中，我能感受到他的温柔与天真，也能感受到他那些关切的话语之外，无法抑制的爱意。

邮差送信的脚步声成了可以点亮我生命的音乐。

经常，把他带着体温的信笺揣在胸口，我都会悸动得想哭出声音。

然而我必须假装冷漠。

"请不要说我太冷漠、太寡恩，你那许多重重叠叠的深情厚谊，我却没有一些回敬；不，并不是冷漠无情，实在我太寒碜。"

至于那些真实的心意，则化作笔下春水般的诗句，在纸上倾泻成了汪洋。

是年，落英缤纷的 5 月，勃朗宁来看我。

之前在信中，他就一直请求与我见面。几个月的拒绝与坚持，如一场漫长的拉锯战，最后，还是我卸下了防御，在他孩子般的赤诚下弃械投降。

他来了。一如希腊神话中的英雄，高大英俊，眼神清亮，声线轻柔，有金子般的笑声。

就像在信中，我们相谈甚欢，不觉暮色四合。

勃朗宁告诉我，我就是他寻觅了半生的爱人，并当即向我求婚。

幸福像巨浪一样袭击了我，令我猝不及防。

但我没有答应。

只是在后来的通信中，我们都不自觉地一次比一次频繁，一封比一封深情。

勃朗宁每周都会来看望我一次，给我带来他亲自采摘的鲜艳玫瑰。

他告诉我，来看我的那天，是每周最明媚的日子。

勃朗宁开始鼓励我下楼走动。

"亲爱的芭蕾特，你一定可以离开这个房间。你不属于它。你看，阳光雨露在召唤你。星光与月色都爱你。把你的手放入我的掌心。"他说。

于是，我鼓起勇气，一步一步地，艰难地，向门口挪动，向楼下挪动。每一步，都像踩在刀尖上……

到了第二年春天，我已经可以自己走到大街上了。

我的身体像荒原一般，渐渐复苏，长出了小草，开出了花朵。

我终于可以不用旁人的搀扶，用双脚，稳稳当当地站在人潮汹涌的路口了。看着天上的云朵，地上的鲜花，报纸上登载的诗歌，草丛中细微的虫鸣，教堂里静穆的钟声……世界，如此美好。

夕阳西下时，我去公园里采摘了月色下的第一朵金莲花，将我的吻夹在信封里寄给了勃朗宁："亲爱的，你从一整个夏天到冬天，从园子里采集了那么多的花送给我；而这幽闭的小室里，它们继续生长，仿佛并不缺少阳光和雨水的滋养。那么同样地凭着这爱的名义——那爱是属于我俩的，也请收下了我的回敬；那在热天，在冷天，发自我心田的情思的花朵。"

大自然清新的空气就像爱情一般让人痴迷。

我贪婪地呼吸着，开始相信人间有奇迹。

1846年9月12日，我与勃朗宁在一所僻静的教堂秘密举行了婚礼。

我们不得不这样做，因为我们已不能分开。

而父亲的顽固同样不可化解——他不相信，以我的身体状况，世间还会有一个人，爱我如他。

虽然没有得到父亲的理解，婚礼上也没有嘉宾，没有祝贺，但我们仍然觉得无比幸福。我活了四十岁，终于迎来了美妙的婚姻，我的人生，也终于翻开了新的篇章。

走出教堂，我悄悄褪下婚戒，准备一星期后，就带着女仆和爱犬，以及二十个月来的五百多封信，跟随我的爱人离开伦敦，离开家，离开禁锢了我二十四年的病室。

我们私奔了。

自此以后，我不再是温波尔街五十号的病弱小姐，徘徊在黑暗与死亡的边缘；我成为可以四处游迹，可以与丈夫共同谱写爱情神话的勃朗宁夫人。

我们渡过英吉利海峡，途径巴黎、马赛，再从热那亚，到达比萨。

比萨是个安静的山城，有可以挥霍的阳光与草地。在那里，打开居所的窗户，就能看到高大的比萨斜塔与悠悠的白云。

仿佛时光逆转，我又回到了在马背上迎风奔跑的年代。

也是在比萨，我把那一卷沉重的十四行诗的诗稿，送给了亲爱的勃朗宁。

那是我们的信物。一共四十三首。从相识，到相爱，每一首，都珍藏着我们情感的印迹。

我想，在比萨，在十四行诗的故乡，来完成这样一个爱的仪式，对我们来说，一定有着独特的意义。

勃朗宁看到诗集后，脸上呈现出了一种从未有过的惊喜。

他抱着我在房间里转圈，然后大声喊道："亲爱的，这是整个英国文学史上的珍品，足以与莎士比亚的十四行诗媲美！"

勃朗宁告诉我，他不敢把这无价之宝私自收藏。

我犹豫了。我从没想过把那些诗歌发表或出版。那是我说给他一个人听的情话，是私密而虔诚的。

至于在文学上价值几何，在我心里，又怎能抵得过爱人的一个微笑呢?

诗稿还是流传出去了。

首先是一个朋友印发了一小部分，没有书名，只有内封上署名为E.B.B作。1850年，我出版诗集，便把那些十四行诗收录了进去，即《葡萄牙人十四行诗集》。

"我爱你已成为最朴素的日常，就像每日必需的太阳和烛光。"

没有人知道，其实在书名里，隐藏的是一个属于我和勃朗宁的亲昵暗语——他曾喜欢喊我，"我的小葡萄牙人"。

后来，我们搬家到佛罗伦萨，继续写诗与旅行。

在威尼斯，我们摇着小船滑过天鹅绒一般的水面，看城市的倒影在水中荡漾；在米兰，我们像孩子一样爬到教堂的最高处，头顶阳光，犹如头戴诗歌的王冠。

在旅途中，我们没有忘记文学创作，我们还一起参加社会活动，为意大利的解放事业奉献自己。

我们朴素而甜蜜地相爱着。

就像勃朗宁所说，我们是一个洞穴里的两只猫头鹰，拥有的快乐，多得令人嫉妒。

而令我自己也无法相信的是，就在我与勃朗宁结婚后的第三年，生命又一次发生了奇迹——我竟然当上了母亲。

"我爱你用呼吸、微笑、眼泪和我的一生！只要上帝允许，在我死后，我的爱将更加深沉。"

我与勃朗宁一起度过了十五年。

十五年，如一日。

我们是对方的必需，我们之间，没有过一天的分离。

1861 年 6 月，一个寂静的夏夜，我与他在房间里不知疲倦地说着话。

星光在窗外闪烁，我微笑着告诉他，我爱他。永远爱他。无论生命是哪一种形态。

在他怀里沉沉睡去时，我一生的爱意，就像一滴眼泪，落入时间的松脂，随即凝成幸福的琥珀——我将不再醒来。

——请原谅，在以上的讲述中，我穿上了文字的衣裳，抹去了自己的身份，走进了勃朗宁夫人的传奇人生，试图告诉你一个令人艳羡的爱情故事。

若说唯一可以打败爱的，只有爱，那么唯一可以拯救爱的，也只有爱了。

这样的爱情，让人向往，让人欷歔，却不会让我们产生过多的追问，为什么，为什么。

只因你是你，所以我爱你。

爱如指纹，所以不可能生长在除你之外的任何一个人身上。

如果非要在勃朗宁夫人的生命中找出一些遗憾——应该不是那被

残疾幽闭的二十四载年华，也不是至死都没有得到父亲的原谅，而是她的爱人勃朗宁先生的才华，在她的有生之年，并没有得到世人应有的广泛认可。

但上天终是眷顾她的。

除却一份让生命得以新生的爱情，可以弥补她二十四年的苦痛；她在意大利，更是用自己的学识与风度，赢取了难得的依恋与尊重。

她去世后，佛罗伦萨人民为了感谢她对意大利民族独立运动的帮助，以市政府的名义，在她生前所住的"吉第居"墙上安置了一方铜铸的纪念牌，上面用意大利文铭刻着——

在这儿，E.B.B 生活过、写作过。她把学者的智慧、诗人的性灵和一颗妇女的心融合在一起。她用她的诗歌铸成了黄金的链环，把意大利和英国联结在一起。

而且勃朗宁先生在后半生也获得了他该有的荣誉。

他以精细入微的心理探索独步诗坛，笔下的诗歌，被人们竞相传颂。

他终于成为维多利亚时代的璀璨明星，并与夫人一起光耀至今。

在勃朗宁夫人的《葡萄牙人十四行诗集》里，最令人称颂的，一直是第四十三首，几乎所有的爱情诗选集都收录了它。

在日光之下默读这样的诗歌，我们便知晓——勃朗宁夫人已经把生命中的爱毫无保留地献给了她的英雄和爱人。

"你要我怎样？是成为希望，还是记忆？是让我成为棕榈树、孤松？还是坟茔？"

我想勃朗宁夫人应会懂得，当她长眠青松之下，化作一座坟茔，她成为他的回忆，而他的回忆，又成为他的希望。

1889 年，勃朗宁在威尼斯逝世前把一个精致的木盒交给了儿子贝尼尼。

时光飞扬，是年，勃朗宁已经七十八岁。

木盒里珍藏着的是他和妻子的全部书信。那些被他手指摩挲过千百遍的美好情话，将在血脉的传承下，打动更多的人。

1898 年，两位诗人之间的情书公开发表，即两卷本《勃朗宁——芭蕾特书信集》。洋洋洒洒百万余字的"情书文学"就此以隽永的方式，大白于天下。

情深若此，读者爱不释手，书信集在短短十四年间，就加印了六次。

当然，美好的诗意，除了传承，还可以传染。

念着诗歌，窝在阳台的木质椅子里，白云的倒影趁机爬上了我的额头。

这是时光赠予我的温柔爱意，自由而纯洁，不须要询问和清算。

我不自觉地闭上眼睛，模拟一场弱小的死亡。微微侧身时，仿佛听见远处桂子散落的细碎声响，正——化作大自然里最朴素的呼吸。

我知道，又一个爱情故事，在文字里安然无恙地老去了。

保尔·艾吕雅（Paul Eluard，1895 年 12 月 14 日—1952 年 11 月 18 日），法国现当代著名诗人，原名欧仁·艾米尔·保尔·格兰代尔，出生于巴黎北部的圣·德尼。艾吕雅是超现实主义大师，笔下诗歌无不意象奇骏，意境深幽，又不失迷幻清新之美。他一生在诗歌中探索不止，于战争中呼吁和平，也写下了许多关于爱情，关于人生意义的作品。他是 20 世纪法国最优秀的诗人之一，深受民众喜爱。

艾吕雅

我们的爱情像一场战争

除了爱你我没有别的愿望

保尔·艾吕雅

除了爱你我没有别的愿望。
一场风暴占满了河谷，
一条鱼占满了河。

我把你造得像我的孤独一样大，
整个世界好让我们躲藏，
日日夜夜好让我们互相了解。

为了在你的眼睛里不再看到别的，
只看到我对你的想象，
只看到你的形象中的世界，

还有你眼帘控制的日日夜夜。

（飞白　译）

我是你路上最后一个过客，最后一个春天，最后一场雪，最后一次求生的战争。

1

　　听王菲唱："风风火火，轰轰烈烈，我们的爱情像一场战争——"内心就万马奔腾。

　　身边密集的黑暗霎时被时间之兽的利爪撕开，天地之间冰河碎裂，飞光暗度，苍鸟离枝，双眼一闭即是老去。

　　她又唱："我们没有流血，却都已牺牲。"一个字一个字地吞吐，像一只颓靡的妖，在时间的深海里独行。

　　彼时的她，化晒伤妆，薄唇，浓眉，一张年轻又冷傲的脸，清瘦的颧骨，腮红如旗帜。聚光灯下，竟有兵临城下的气势。

　　那气势里，又全是爱情的味道，温柔尚在，寂寞永生。

　　爱沉在歌声里，沉在记忆深处，惶惶十年，至今思来犹艳，犹惊心，犹哀凉。

　　"除了爱你我没有别的愿望。一场风暴占满了河谷，一条鱼占满了河……"

　　读艾吕雅的诗，读他被信仰与爱情诅咒的痛楚，内心也是哀凉的。

　　绵密、隐晦的哀凉，将从内心深处，漫漫反渗至皮肤肌理之中，让视线也变得涣散。

当那遥远的铁马踏过心中的冰河，那些栖居在体内的情绪，一下子就碎碎地蠕动起来了。

而王菲的歌声就是那一撮药引子，在这寒荒的夜色中，就着一团岁月的野火，就能把艾吕雅的诗煎出十二分的孤独，入心入骨。

"我想把你填满我的孤独。"孤独的艾吕雅只活了五十七岁。

他一生都在写诗和战斗。

他参加达达运动和超现实主义运动，亲历第一次世界大战与第二次世界大战以及多次反殖民主义斗争。

他是战士，为自由与民主而战。

他也是超现实主义的杰出诗人，出版诗集数十种，为生活抒写，为爱情高歌。

对于爱情，艾吕雅同样将其视为战争。

一次求生的战争。

没有流血，却轰轰烈烈。他用一生的荣耀与孤独、虔诚与忧伤去对待，而不去计较得到的是诅咒，还是成全。

那么，那个让他除了爱没有别的心愿的人，是谁呢？让他把心里的风暴填满山谷的人，又是谁呢？

2

1912 年，一场疾病，让他们成为"最初的但并不是最后的一对恋人"。

初识之时，他还不叫保尔·艾吕雅，她也不叫加拉。

他是年轻的法国青年欧仁·格兰代尔，她是美丽的沙俄女子加琳娜·德米特里耶芙娜·嘉科诺娃。

对于加琳娜，法国作家夏尔·加托在《艾吕雅传》中如是写道："天资聪慧，如痴如醉地读过陀思妥耶夫斯基和托尔斯泰的小说。她关注文学和艺术方面的新闻。在1913年，她画过一幅立体派的素描，她很熟悉俄国的象征主义者。无可置疑，她以其知识的魅力、性格的热情、正确可靠的判断以及斯拉夫人的特质，征服了年轻人（欧仁·格兰代尔）。"

在瑞士东部著名的肺病疗养之地，新开张的肺病疗养院"克拉瓦代尔"里，欧仁很快被加琳娜吸引。

那一年，漫天纷飞的大雪将疗养院塑造成了一个恋爱的天堂。那里安静、圣洁、诗意，有无数浪漫的情愫在他们热爱的诗歌中发酵。

窗外是晶莹的雪花，屋内是温暖的壁火，他们围炉静坐，谈论文学与诗歌，也交换家乡的秘密与成长的画面。

他给她读自己写的诗，并陶醉于她黑眼睛中发出的光彩。那种光彩，将带给他一生的爱与痛。

她说："你一定会成为出色的诗人。"

他说："我理想的美不再是星星，我要用我歌唱星星的诗韵……来歌唱你的眼睛。"

爱情的美妙，总是可以激发诗人无尽的灵感。

1913年，欧仁出版了他的第一部诗集《最初的诗》，并改名为保罗·艾吕雅（Paul Eluard），正式开启了他绚烂而孤独的诗歌之旅，且在多年以后，让诗坛可以有幸目睹这个名字，如何从寂寂无名成为一个伟大的爱情符号。

一年后，加琳娜也改名为加拉（Gala），她集结了十四则关于她与艾吕雅之间的爱情对话，出版了一本三十页的小书，题为《无用之人的对话》。在前言中，加拉的语气就像一个羞涩、骄傲、幸福的小妇人，她写道："你们不会意想不到，一个读者所不熟悉的女人的想法好不好。作者认识我，我认识他有一段时间了。我觉得他的作品将会是一部小小的杰作……"

加拉正是曾经的欧仁给恋人的昵称。在法语里，加拉，即"盛宴"。

他一直将她和她所予之爱，视作是上天的盛大恩赐。

无论是被爱，还是被弃，他都一直沉溺其中，享受饕餮。

3

1914 年，第一次世界大战爆发。战争不仅打破了疗养院的宁静，也让这对缱绻的恋人被迫分开。

是年冬，艾吕雅应征入伍，加拉则回到了莫斯科。而在瑞士分手之时，他们已经形同一对未婚夫妻了。接下来的几年里，他们聚少离多，但在 1917 年 2 月，他们依然冲破了来自家庭方面的重重阻力，走到了一起。

他们结婚了。

因为婚后的艾吕雅还在服役，这对新婚夫妇便只能趁着丈夫生病请假或住院的时候，在租来的房子里短暂团聚。

但艾吕雅很满足。加拉的爱，让他获得了一个新的世界。他的灵

感源源不断，那些带着温热体香的甜美情诗，在无数个日夜，让芬芳
的思念微微发颤：

撤去的麻纱还在你全身留着温热。
你闭上双眼你微颤，
像一首歌那样微颤，
它朦胧地诞生却来自四面。

芬芳而甘美。
你超越你身体的边界，
却又不丧失你之为你。
你跨越了时间，
此刻你是新的女人，
暴露在无限面前。

——保尔·艾吕雅《物》

（飞白　译）

1918 年，加拉为艾吕雅生下了女儿塞西尔。

是时，一战也结束了。

他们终于相守在了一起。在诗歌中，艾吕雅恨不得向全世界宣布
他的幸福，那种甜蜜的初为人父的喜悦："世上所有的同志，哦，我
的朋友们！都抵不上在我圆桌旁的，我的妻子和孩子们，哦，我钓朋

友们！"

可惜他们的故事，并没有像童话的结尾那样——从此以后，王子与公主过上了幸福的生活……

4

童话终止在 1929 春天。

十余年的时间，足以让一份爱情在婚姻中酿成陈年酒，也足以让其淡成隔夜茶。

身处先锋流派中心的巴黎，加拉的光芒，吸引了无数的艺术家。而加拉也处处留情，让艾吕雅不止一次地受伤。

德裔画家马克斯·恩斯特就曾与加拉有过一段公开的私情。

恩斯特被誉为"超现实主义的达·芬奇"，在达达运动和超现实主义艺术中，均居于主导地位。反传统，虚无主义，荒诞，都是他的艺术表现形式。

在众人面前，恩斯特毫无避讳地赞美着加拉，称其有着"柔软而有光泽的形体，一头低垂的黑发，微微东方式的发亮的黑眼睛和一身纤弱的小骨架，不由让人想起一只黑豹……"。

加拉更是可以当着丈夫的面，裸露着胸部为恩斯特摆出各种姿势供其任意描绘，汲取灵感。

如今，我们还能在恩斯特为加拉画下的七幅作品中，看到加拉昔日的风情。

但当时，艾吕雅看到的，是一个即将坍塌的世界。

"为了让你的眼睛只看到这些，只看到我对你的想念，与你眼中的世界，以及你眼眸掌控的每一个日夜……"

在诗歌中，他可以自由安放想念。

在现实中，他认为，爱一个人，就应给她最珍贵的自由，哪怕是看起来很荒诞，哪怕这样的自由是建立在自己的痛苦之上。

她站在我的眼睑上，

而她的头发披拂在我的头发中间。

她有我手掌的形状，

她有我眸子的颜色，

她被我的影子所吞没，

仿佛一块宝石在天上。

她的眼睛总是睁开，

不让我睡去。

在大白天，

她的梦使阳光失了色，

使我笑，哭了又笑，

要说什么却什么话也说不出。

———保尔·艾吕雅《恋人》

（徐知免　译）

在艾吕雅的生活中，阳光已经失去了颜色。

他痛苦迷茫，便只能用离家出走的方式，来排解内心的悲伤。

事与愿违。就像他在战争中立志要上前线一样，他孱弱的身体总是抵挡不住病痛的折磨，只能一次又一次地被医院的病床收留，他每一次轰轰烈烈的出走，都是草草收场——在外游荡一圈后，又身无分文地回来，回到原来的生活轨道，抑或说，回到比原来生活更糟糕的那个窠臼中。

在彻底失去加拉之前，艾吕雅失去了父亲。

艾吕雅本是富家公子。他的父亲在巴黎代理房地产，生意一直非常红火，也给他留下了一大笔积蓄。从出生到结婚，他一直是生活在城堡里的王子，从没有为金钱方面的事情发过愁。

但父亲去世后，艾吕雅就变卖了所继承的公司，还挥霍掉了所有的财产。

他成了朋友眼中的"没出息的儿子"，成了妻子心里的"窝囊的丈夫"，也成了一位彻头彻尾的潦倒诗人，在自己构筑的精神世界里，头戴桂冠，孤独度日。

他在诗歌里说："我想把你填满我的孤独，用整个世界来躲藏，用每个日夜来了解。"

可是，对于自己挚爱的妻子，他真的了解吗？

加拉出身于莫斯科的一个小职员家庭，从小拥有美丽的容貌与聪慧的心智。十岁那年，她曾亲眼看到父亲死于贫困。之后，本就窘迫的家境便越发艰难。就是在那样的环境下，在贫穷的刺痛中，她度过了寂寞的青春岁月。直至她的母亲嫁给了富有的律师德米特里·伊里奇·冈贝尔格，全家迁往莫斯科，她的生命才得以重启。

加拉的继父很喜欢她，像亲生父亲一样将她照顾得无微不至。继父带她社交，接触上流社会的各类精英，还送她进入贵族学校，接受良好的教育。1912年，加拉被诊断出患有肺结核，她的继父依然愿意花重金送她去瑞士的私人疗养院养病。

正是在那里，加拉认识了当时富有的法国青年欧仁·格兰代尔，也就是后来的诗人保尔·艾吕雅。

聪明的她非常明白自己想要什么。或许，她不顾继父的反对嫁给艾吕雅，也只是一次冒险与投资。

但对于艾吕雅来说，他将其当成了爱神的眷顾与恩赐。

多年以后，在勃朗峰疗养时，病痛之中的艾吕雅依然不忘给远在美国的加拉写信。字字句句，情出肺腑，犹如夜莺咯血：

"我爱了你二十年，我们是不可分离的。假如有一天，你孤独而忧伤，那就再来找我吧……如果我们非得老去，那我们也要在一起老去。"

和很多人一样，我在看完这段话后，也是叹息多于感动。

面对如此天真的灵魂，理性与清醒似乎成了一种残忍。

所以他会相信，"假如希腊摆脱所有人的仇敌，假如珍珠去徐牢房般的外壳，去除灰色的不透明的裹尸布，假如颜色展示它的内部，假如我们享有共同的娱乐"，人类就会复苏。

就像他相信，离他远去的爱人，终有一天会回来，回到他的身边，栖息于诗歌的怀抱。

他爱加拉，卑微地爱着。

他是诗人，更是爱情的圣徒。

难怪会有人说，只有诗人和圣徒才会相信，在沥青路面上辛勤浇水会培植出百合花来。

5

1929 年春，艾吕雅与加拉前往西班牙旅行。在泰罗尼亚里加特港的美丽小镇卡达凯斯，他们去拜访了超现实主义画家萨尔瓦多·达利。

这一切仿佛命中注定。本是一场友情与文艺的探讨，却成了一次电光与火石的相遇。

达利与加拉的相遇。

只是我不知道，在多年后，这段艺术天才与缪斯女神共谱的传奇一再被人们津津乐道时，还有没有人，会用感叹的眼神，去追忆一下艾吕雅彼时默默离去的身影。

彼时，留着两撇小胡子的达利，年轻、英俊、口才非凡，是个惊世骇俗的天才。他手中那支奇妙的画笔，在画布上驰骋时，就好似拥有了捕捉幻梦的能力。

达利在第一时间就捕捉到了加拉的心。

弗洛伊德思想里说，艺术家总是对这个幻想的世界怀着极大的热情。而深受弗洛伊德思想影响的达利，更是有着探索幻想性意象的天性。

从童年时代开始，他就开始沉迷于自己的幻想——别人眼里的"白日梦"。在后来的自传中，他将那种幻想称为"虚假记忆"，并认为"真记忆和假记忆的不同之处与珠宝的情况相似：假的显得更真更光彩夺目"。那也是他的"超现实世界"，散发着怪诞迷幻的气场。

似乎谁走近他的梦，谁就会爱上他。

而当达利见到海滩上的加拉时，那个自诩具备"子宫内记忆"的天才，不禁疯狂地高声惊呼："美丽的俄罗斯女子，你真是上帝精湛完美的杰作！"

达利认为，眼前的加拉正是他一直寻找的理想中的女性，是可以唤醒他儿童时期最美妙记忆的女人——她身上完美地结合了天使与圣母的特性，尽管她是别人的妻子。

但达利还是爱上了加拉。爱意突如其来，不可阻止。他在文字中隐秘而兴奋地写道："在散步途中我能摸她的手，哪怕只摸一秒，我的所有神经就会颤抖起来……"犹如一个痴憨的少年。

甚至，他还认为，加拉的出现治好了他的"疯病"，使他能够像"中了魔法似的"，歇斯底里的症状一个接一个地消失，新的健康"像一朵蔷薇"那样在他的头脑中生长起来……

"加拉，我的妻子，你是真正的格拉迪瓦！"他喊道。

格拉迪瓦（Gradiva），德国作家威廉·詹森小说中的女主角，她治好了男主角哈诺尔德的精神疾病——一种在童年时代情感缺失导致的迷恋癖。

达利认为，是加拉治愈了他，完善了他，成就了他。

面对达利疯狂的示爱，本就厌倦了婚姻的加拉，还未来得及试探就已深深沦陷。

她直白地告诉艾吕雅，她要留在达利身边，做他的格拉迪瓦。

对于加拉的决定，艾吕雅居然再次幼稚地认为，那只是妻子的"又一次情感出走"，她一定会像从前那样，流连够了外面的景色，就会回到他的身边。

我们属于未来的，
拿一会儿想想过去吧！
美德想一想恶行，
对我的过去我的现在，
我们再不用惧怕。

我们谈论爱情它就是生命，
在童年的平原上和塔楼间，
它就是轻盈的空灵的血液，
山盟又海誓我们变成了别人。
愉快使人高兴，
我们邀请火焰，
唯独火焰再没有别的。

当我自言自语，

我是说爱情它就是生命，

我是说我仍然听见自己同样的话语，

一千条枝桠从它心中伸进我肌体。

我是说我不愿在阳光下看到阴影，

把我的痛苦给我把我的忧伤还我吧！

我不愿看见，

在你额头的水上那雨的负荷，

在我们共同的深不见底的水上。

——保尔·艾吕雅《仅仅一口气》

（陈敬容　译）

　　爱与生命等同。爱在情感的天空投下重重阴影，在欲望的水面上滋生朵朵妄念。而他的爱，曾经的山盟海誓分明已成空，他却还痴痴守候着最后的一丝希望，就像守候着最后的一丝氧气，用一截孤独的断指，写诗，写诗。

　　1929年，艾吕雅出版了一册诗集《爱情与诗歌》，题记中依旧是献给加拉的滚烫的表白。而加拉，在继续为达利奉献灵感源泉的同时，也一直与艾吕雅保持着通信——从她离开时，到他们离婚后，再到艾吕雅离世。

　　1934年，达利和加拉在巴黎的西班牙领事馆举行了隆重的婚礼。

是时，达利的名誉与财富也到达了顶峰。加拉是他的妻子，也是他的模特，还是他的经纪人，更是他永远的缪斯。他为她画下一幅又一幅作品——《加拉的天使》《加拉琳娜》《加拉和维纳斯的诞生》《原子勒达》……俱成经典。

而且从三十年代初开始，他所有的创作都用上了"加拉—萨尔瓦多·达利"的署名，表明对加拉至高至上的爱。

6

米兰·昆德拉说："一个男人爱上一个女人，源于将她以隐喻的形式，留在大脑诗化记忆的一刻。"

是这样的吧，对于加拉，艾吕雅始终无法忘记的，还是最初的爱情记忆。一切的执念，都是从那个源头而来。

那时候，她的日夜，是他的日夜，她的世界，是他的世界，她的眼睛里，只有属于他的光。

这或许也是感情上的某种信仰？

就像《霍乱时期的爱情》中，男主人公阿里沙对费尔明娜的感情一样。一切的执念与情结，都源自初见她的那个下午：那偶然的一瞥，引起了一场爱情大灾难，持续了半个世纪尚未结束……

是时，年轻的费尔明娜和姑妈坐在杏树下，头戴栀子花环，宛若洁净的女神，身影是芬芳的诗行，整个画面，都散发着圣洁的光。

从此之后，阿里沙一生都没能逃离那场诗意的爱情灾难。

哪怕他经历过一个又一个女人，也曾得到过别人的爱。但他依然没有爱情，没有费尔明娜的爱情，走过的一切都是虚妄。

没有爱情，他就注定沦为情欲的奴隶，被情欲诅咒。

相较于艾吕雅，阿里沙终究还是幸运的。

虚幻的世界显然比现实更好杜撰，作者给了我们一个无比温馨的结尾。就像童话一样。阿里沙的等待，终于在暮年之时迎来了曙光。丧夫后的七十二岁的费尔明娜终于接受了阿里沙。他们在内河上旅行，让彼此最后的一段生命，消磨在爱情中。

"他们悄然无声，像是一对由于生活而变得谨小慎微的老夫老妻，已经超越了激情的圈套，已经超越了幻想的残酷嘲笑和虚无缥缈的海市蜃楼，超越了爱……愈接近死亡，爱就愈加浓醇。"

愈接近死亡，爱就愈加浓醇。

所以，在离世的前一年，被病痛折磨得无比憔悴的艾吕雅，依然不忘用颤抖的手指，为她的加拉写下深情诡异的《凤凰》。同时献给自己最初的爱情，或是最后的爱情。

我是你路上最后一个过客，

最后一个春天，最后一场雪，

最后一次求生的战争。

看，我们比以往都低，也比以往都高……

与加拉离婚后，艾吕雅再次结婚。但是，那并不是爱情。除了加拉，他已经无法爱上另外一个女人。

似乎与信仰相悖。

加拉，加拉，她是爱情的信仰，也是魔鬼放下的一声叹息。

唯有她，才是他笔下永恒的诗篇，才是他一生的求爱之战。

爱情是一场战争，孤独而勇烈。

如果不能用我的生命，换你的赤诚，那就让你成为我的最后一个过客吧。

当生命沉入时间的深渊，伤痕之中，曙光之上，孤独之外，才会开出重生的美丽花朵。

只因，除了爱你，我没有别的愿望。

维斯瓦娃·辛波丝卡（Wislawa Szymborska，1923年7月2日—2012年2月1日），生于波兰，是当今波兰最受欢迎的女诗人之一，在全世界享有盛誉，有着极为广大的读者群。她的诗歌，擅长自日常生活汲取灵感，有着深刻而丰富的思想。在语言上，幽默而机智，是一位以小搏大、举重若轻的大师。1996年，辛波丝卡获得了诺贝尔文学奖，成为史上第三位获得诺奖的女诗人。

辛波丝卡

爱情是变幻的，孤独是迷人的

一见钟情（节选）

维斯瓦娃·辛波丝卡

他们都相信，
是瞬间迸发的激情让彼此邂逅。
如此肯定是美好的，
但变幻莫测更为美好。

因为从未相见，所以他们确信
彼此之间定无关联。
然而听听街道、楼梯、走廊的声音——
也许他们已经擦肩而过一百万次了？

我想问他们，
是不是还记得——
面对面的那一刻。
在旋转门里？
也许在人群中轻声说过"对不起？"
或者在听筒前简短说过"打错了？"
但我知道答案。
是的，他们忘记了。

……

每一个开始，
不过都只是续集，
而情节丰盈的书，
永远是从中间看起。

我为每分每秒忽视万物向时间致歉。我为将新欢当作初恋向旧爱致歉。

1

　　很久以前，一位朋友告诉我："如果闭上眼睛，用自己的右手缓缓绕过颈后，然后轻抚自己的左脸，就会产生被恋人之手抚摸的错觉。"

　　在深夜里，她那样叙述的时候，朝窗外幽幽地吐了一口烟，眼神如沉睡多年的古井，荒芜得能生出野草来。

　　窗外的风很快反扑了过来，吹起她海藻一样的长发，在清凉的烟草味道中，她的脸浮现出一种妖精似的魅惑。

　　然后，我真的试着那样去做了，闭上眼睛，将自己融入丛林一般的夜色里，身下的野花在春风中开成了水缎——

　　半晌之后，我不得不鼓起险些被垃圾食品撑爆的腮帮子，一脸真诚地告诉她："没有，我感觉不到恋人之手的温柔。"我又往嘴巴里挤进一块薯片，狠狠地运动了一下喉咙："我只感觉到了——痒。"

　　她笑了笑说："那么恭喜你，你并不需要这样的错觉。"

　　很快，窗外的夜风擦去了她脸上那丝不协调的笑容。她低下头来，把脸埋在长发里，有些哀伤地说："可是，你知道吗？那样的错觉只会让我感觉更寂寞。"

我站起身，递给她一支香烟。

我想她并不需要安慰，只是需要一双倾听的耳朵，像树洞一样容纳她的秘密与哀愁。

她抽细长的520，烟嘴上画着一颗红心，一卷华丽的寂寞，散发出若有若无的玫瑰香味，令人迷离。

香烟盒下，是几米的绘本，《向左走，向右走》。

2

时隔多年，在一个天色有些寂寞的下午，我猫在被窝里看完了电影《向左走，向右走》。

电影改编于几米的同名绘本，由梁咏琪与金城武主演。

在雨中，梁咏琪撑着孤独的红色雨伞，用波兰语念了一段辛波丝卡的《一见钟情》，为影片拉开了序幕。

台北的冬天，冷意延绵不绝，爱情的香味隐匿在人海里，却因太多汹涌的脚步而无可奈何地化作空气中的水雾。

短发的梁咏琪有着独特的清纯气质，她的美，并不惹人戒备。她在一家出版社当翻译，为了生计，经常翻译一些悲惨而惊悚的小说。生活，总是不尽如人意的。没有爱情，没有稳定的收入，因为胆小，还要经常搬家。只有诗歌，能在困境中带给她温暖。

金城武是一名小提琴手。与许许多多在城市中艰难打拼的年轻人一样，心存梦想，怀才不遇。有时，他会去酒吧拉琴，讨生活。也是过得不太好。没有知音，没有朋友。一个人的孤独，犹如琴弦上那一个沉郁的音调，久久挥之不去。

他们住在郊区的同一栋旧式公寓里。每次出门，不管去哪里，她都是习惯性地向左走。

他则习惯性地向右走。

很久他们都不曾见面，也不知生活中有对方的存在。两个人的世界如两条平行线，看起来永不相交。

空闲的时候，她会去喝一杯咖啡。日光寂寂，她看着窗外云朵的影子落在杯子里，眼神中就会流露出微微的惆怅。路过街口时，她喜欢与那只流浪猫说上一小会儿话，她告诉它，那样的惆怅是苦的。

他会去树林里喂鸽子，花一下午的时间，静静地拉琴给它们听。在他眼里，鸽子也是尊贵的听众。忧伤的琴音一如干净的鸽翅盘旋在树梢，看着它们一本正经的样子，他有时会轻轻地笑起来，如此，便会忘记一些生活中的空虚与无力。

冬天终于出现了久违的阳光。街上，温和的太阳光线穿过虬枝斑驳的老树，把行人的影子拉得很长很慵懒，就连擦地飞行的落叶，也似乎沉默着，沾染上了爱情的香气。

他们不约而同地决定出去走一走。

还是一个向左走，一个向右走。

通过人海，天桥，隧道，地铁……最后到达公园的喷水池边。

喷水池是个美丽的圆，两条平行线终于得以相遇。

冬天的风有些大，一下，两下，吹散了她身边的稿纸。那上面有她的译作——辛波丝卡的《一见钟情》："他们都相信是瞬间迸发的激情让彼此邂逅。如此肯定是美好的，但变幻莫测更为美好。"

他毫不犹豫地跳进池中，帮她一张一张地把稿纸捡起来。她的慌乱与可爱，让他感觉莫名的亲近，宛若失散多年的恋人蓦然重逢。

相遇，是如此简单，又如此奇妙。

一如十三年前的那样。

时间改变了彼此的容貌，缘分却为他们保留了相同的记忆与地点。

十三年前的夏令营，他也是这般毫不犹豫地跳下水池，为她捡起被风吹散的草稿纸——只是昔日的稚气与羞涩，已被今时替换成了喜爱与温情。

而她告诉他，她那年多坐了二十一个站，只为等他留下电话号码。

原来，属于他们的故事情节，早已在不经意之间，开始了许久，许久。

所以，事隔多年，他们依然能准确无误地说出对方的学号，且并无太多讶异。更多的，其实是对命运的感叹，还有对缘分的更深的笃信。

在公园的草地上，他们一起念了辛波丝卡的诗歌："因为从未相见，所以他们确信彼此之间定无关联。然而听听街道、楼梯、走廊的声音——也许他们已经擦肩而过一百万次了？"

他们一起坐了旋转木马，在欢快的笑声里，他们就像重新回到了童年一样。他们还逗了同一个小孩，凝视了同一树落叶，被同一缕风揉乱了头发。

那真是一个无比愉悦的下午。

直到黄昏时分，天空忽然刮起了大风，乌云聚集在他们头顶，转瞬化作一场倾盆大雨。

他们在大雨中仓皇地分开。这一次，他们都没有忘记，留下对方的电话号码。

然后，他还是习惯性地向左走，她还是习惯性地向右走。

那场雨出奇的大，将他们全身都淋透了。

他们的心里，却是甜蜜的。

回到公寓，他们在各自的浴室里大声朗诵辛波丝卡，感觉身上的每一朵泡沫，都是怒放的花。

雨下得没完没了。从他们窗台上淌下的雨水，淌在同一条行上，映照出他们各自房间的灯光，那么温暖。

是夜，躺在床上，他们像个孩子似的傻笑着，舍不得睡。

他们都兴奋得失眠了。

但是，命运往往比天气更无常。

第二天清晨，当他们打开留下电话号码的纸条，准备听一听对方的声音时，却发现纸上的字迹早已在大雨中模糊，变得不可辨认。

在强烈的失落与沮丧中，他们感冒了。生的是同样的病。在病中，猜测着纸上的数字，他们拨打了一通又一通错误的号码。也不敢去医院，生怕错过对方打来的电话。

一天又一天。

听着同一只鸟的叫声起床。

在同一片雨声中进入同一个梦境。

近在咫尺，却不能相遇。

记忆之外，除却手中那张被雨迹模糊的电话纸，他们已经失去了一切对方存在的凭证。

那样的感觉，就好像一个人没有了影子一样。

走到哪里，心都是空的。

辛波丝卡的诗歌里说："还未完全做好准备要成为他们的命运，它将他们拉近，又让他们推远，它阻挡他们的去路，忍住笑声，然后躲到一边。"

再去相遇之地，他们发现公园已经拆迁。曾经一起坐过的旋转木马，也被城市遗弃……他，她，就好像凭空消失了一样，令人无措。

在那个无比熟悉又无比陌生的城市，他们依然在疯狂又静默地找寻着对方的信息，也依然一次又一次地擦肩而过。

霓虹闪烁的街头，滴答滴答的雨声多让人怀念。

缘分那个调皮的孩子，似乎并不打算停止这场捉弄。有时候，她分明感觉到，他的呼吸就落在她的脚尖，可只是一个转身，那缕熟悉的气息就被汹涌的人潮吞没了。她有些哀伤，又有些懊恼地想——他，那个连名字都来不及交换的他，是不是就这样被自己弄丢了？

他寻她，会在街上大声喊她的学号，会去书店坐一个通宵，会无助地凝望黄昏的天空，也会在空旷的广场枯坐沉思。当然，他也不断乐观地幻想，或许，时机尚未成熟？或许，再多走过一个街角，再在那个书店多等一小时，说不定就会遇见她？

……

时间一天一天过去，春天终于到来了。

因为那首辛波丝卡的译诗，一家美国的杂志社发现了她。他们邀请她去美国工作，有不菲的待遇。而他的才情也终于得到了伯乐的赏识。他被欧洲的管弦乐团录用了。即将去往那个梦想了无数次的地方，维也纳。

那么，是离开，还是留下？

他们都迟疑了。

影片最后还是给了观众一个温暖的结尾。就在他们准备带着遗憾离开时，突如其来的一场地震，让横亘在他们中间的墙面轰然倒塌。那一刻，目光再次交集，恍如隔世。那一刻，迟到的奇迹，让心头感恩如深海。

春天的阳光照在废墟上，泛起美丽的光泽。

坍塌的墙边，她的红色雨伞和他的蓝色雨伞，幸福地依偎在一起，再也不会遗失对方。

3

文字之旅终究是孤独而静默的。

在辛波丝卡的诗歌里穿行，就像阅读自己的梦境，多体验了一重世界，也是一个看她怎样把日常乃至万物，注入诗意的过程，非常神奇。

你将随时为她准备着下一次的惊喜。

一株沉默的植物，一只甲虫，一件衣物，一片天空，一枚沙砾，一颗安眠药，一张履历表，甚至是一场战争，一次葬礼，一篇色情文学，一个恐怖分子……在她笔下，无不鲜活如重生，并趋向梦幻的质地。

这让我想起一个顶尖的厨师，最普通的材料，在他手中，往往也可以点石成金。

那种微妙，不是记录，不是征服，而是创造与激发。

几米说，辛波丝卡是激发他最多美妙灵感的诗人。

除了那本畅销的《向左走，向右走》，他的作品《地下铁》和《履历表》的主线灵感，也来源于辛波丝卡的诗歌。

几米的绘本，一度被视为都市成年人的童话，他本是心存诗意的人，笔下简单而唯美的线条，最是善于捕捉内心遗失的风景，或温柔的风暴。

多年前翻看他的绘本，其实就是一场意识的逃亡。

怀旧的色调，明亮而感伤，令人想遁世入画。

波兰导演基耶斯洛夫斯基也很喜欢这首《一见钟情》。

某一年的圣诞节，他在寒冷的街头发现了辛波丝卡的诗集《开始与结束》，其中的《一见钟情》让他感觉很亲切。人与人之间的微妙，人与命运之间的纠葛，相遇与错失，机缘与恒定……分明是荒诞的，却又那么让人着迷，有着无限的可能。

耶斯洛夫斯基根据辛波丝卡的诗歌拍了一部有名的电影——《红》，有一句台词就是"每一个开始不过都只是续集，而情节丰盈的书永远是从中间看起"。

4

作家终其一生都在书写自己，寻找同类。

诗人写诗，画家作画，导演拍戏，所有的文学与艺术都一样。

叶芝说，诗人总是写自己的生活，最好的作品都是悲剧，无论悔恨，绝望，还是孤独。

是这样吗？

不尽然。辛波丝卡告诉我们，孤独不是一桩悲剧，还可以是迷人的心灵养分。

1923 年 7 月，辛波丝卡出生在波兰小镇的一个知识分子家庭。当时，她的国家刚刚走出第一次世界大战的阴影。童年的她，最喜欢的事情就是阅读家中的大量藏书。五岁时，她已经开始尝试作诗，那些美好天真的诗句，经常会带给家人惊喜。

在文学之路上，家人曾给予她最大的爱护与支持。

几年后，辛波丝卡跟随家人移居到南方的克拉科夫。一个有着古老文化氛围的城市，也是波兰的故都。

在那里，她生活了整整八十年，直至去世。

1945 年，辛波丝卡以大学生的身份，在波兰日报副刊发表了人生中的第一首诗作《我追寻文字》。

1948 年，她正打算出第一本诗集时，波兰政局发生了变动，政府的主张是，文学当为社会政策而作。于是，她只能对作品风格及主题进行全面修改。那本诗集延迟了四年才得以出版，名为《存活的理由》。

1970 年出版全集时，她未收录其中任何一首。可见，她对那本处女诗集所遭受的曲折与屈辱，依然耿耿于怀。

1953 年至 1981 年，辛波丝卡一直在克拉科夫《文学生活》（*Zycie Literacia*）周刊工作。她担任的是诗歌编辑和专栏作家。其间，她出版了十几卷诗歌，涉及政治的诗作已逐步减少，从初期关于爱情和传统的抒情诗，到中期的思索宇宙环境的作品，再到后期的以简单求深刻与举重若轻的精神思想，"透过一粒沙看世界"，她终于做到了真正为自己而歌。

……

朴素的坟墓？那是诗人的正义，

只需一首小诗，猫头鹰，温柔的矢车菊。

路人，请拿出你的计算机，按下开关

为辛波丝卡的命运思索半分钟。

——维斯瓦娃·辛波丝卡《墓志铭》

写这首《墓志铭》时，辛波丝卡还尚未老去。

她说，我偏爱写诗的荒谬，胜过不写诗的荒谬。对于世界，她随时保持着真诚的好奇与热爱。同时，也保持着清醒与距离。一如 1996 年，她获得诺贝尔文学奖时得到的授奖词："辛波丝卡的作品对世界既全力投入，又保持适当距离，清楚地印证了她的基本理念：看似单纯的问题，其实最富有意义。"

对于自然，她则是虔诚而谦卑的。

对于生活，她只愿是一个清净的诗人。

对于爱情，她信任机缘与奇遇。

辛波丝卡有过两段婚恋。

她的初恋情人伍戴克家中藏书极为丰富，那是对她最好的吸引。因为相同的爱好，他们之间的结合是甜蜜而浪漫的，在那段美妙的关系中，她不但得到了爱情的滋润，还得到了文学方面的提升。

不过，他们的婚姻最后还是走向了离异。原因无从知晓。追问，显然失去了意义。

我为将巧合称为必要向巧合致歉。

我为我可能导致的失误向必要致歉。

愿幸福不要因为我的占有而发怒。

愿死者不要因为我的健忘而焦灼。

我为每分每秒忽视万物向时间致歉。

我为将新欢当作初恋向旧爱致歉。

远方的战争，请原谅我把花朵带回。

撕裂的伤痕，请原谅我将手指割伤。

……

——维斯瓦娃·辛波丝卡《在一颗小星星下》

"我为将新欢当作初恋向旧爱致歉。"就这样，她用骨子里的善意与诗意，稳妥地衔接了第二段婚姻。

她的第二任丈夫菲利波伊兹是一位自然科学家，对自然有着本能的热情。他喜爱养猫与钓鱼，性情温暖。而且，他也爱好写作，后来还成了小有名气的小说家。他们非常恩爱，经常一起到风光优美的湖滨垂钓，一起探访陌生的植物，一起逗可爱的小宠物们玩。

但是，菲利波伊兹在 1990 年就去世了。他留给妻子的是二十余年的想念与孤独。

诗人都是孤独的。

命运也曾给过她悲剧。但与她的作品一样，在她身上，我们看到的，仿佛永远都是清澈的孤独，优雅而体面。

而那些无可奈何或无话可说，也终会被时间，用一个苍凉的微笑谅解。

辛波丝卡也抽烟，几乎烟不离手。

但与杜拉斯那种野性不羁的美不同，辛波丝卡的美是温和如水的，香烟，咖啡，书本，小宠物，诗歌，老去的岁月，思念与幻想……这些，都能让她随时保持感性与迷人。

看她老年的一些照片，神情中没有一丝戾气，整张脸都陶醉在手中香烟的袅袅青雾里。

就像陶醉于多年前与恋人一见钟情的美好时刻，她微笑着，明媚如少女，盛开在光阴中。

亚历山大·谢尔盖耶维奇·普希金（Александр Сергеевич Пушкин，1799 年 6 月 6 日—1837 年 2 月 10 日），俄国著名的文学家、诗人、小说家，现代俄国文学的创始人。普希金是 19 世纪俄国浪漫主义文学的主要代表，被誉为"俄国文学之父""俄国诗歌的太阳"。他一生为自由与光明而歌唱，诗歌中跳动着民族生活的脉搏。果戈理评价他："像一部辞书一样，包含着我们语言的全部宝藏、力量和灵活性……在他身上，俄罗斯的大自然、俄罗斯的灵魂、俄罗斯的语言、俄罗斯的性格反映得那样纯洁，那样美，就像在凸出的光学玻璃上反映出来的风景一样。"

普希金

我曾经沉默又绝望地爱过你

我曾经爱过你

亚历山大·谢尔盖耶维奇·普希金

我曾经爱过你：爱情，也许，
还没有完全从我的心灵中消亡；
但愿它不再烦扰你；
我一点也不愿再使你难过悲伤。
我无言地、无望地爱过你，
我忍受着懦怯和嫉妒的磨折：
我那样真诚那样温柔地爱过你，
祝上帝会给你另一个人也像我爱你一样。

（戈宝权　译）

可令人欷歔的是，命运有时就是一个破折号。在他的爱情故事另起一行后，却也不是我们所期待的那个情节。

1

指针在表盘上游动，时间泛起透明的涟漪。

普希金在诗里说："我曾经虔诚又温柔地爱过你，我会为你祈求上帝，他人也将如我一般爱你。"

在日光下温柔地打开《圣经》，神启细细密密，一如古老的秘语。

爱是恩慈，爱是忍耐，爱是永不止息。

读普希金的诗，便知道爱还是珠泪凝成的沧海。

至于生命，不过是为了给爱情逢山开道，遇水搭桥。

2

1799年6月，普希金出身于沙俄莫斯科的一个贵族家庭。他的祖先是黑奴，因受彼得大帝的宠爱而与皇家结亲。他身上流淌着两股血液，这让他天生就气质非凡。在接受法国精英教育，结识文学名流的同时，他的父亲还专门请了一位农奴奶妈为他讲述俄罗斯民间传说，让他领略语言的丰富。八岁时，他便可熟练地用法语写诗。法语成了他的第二母语。他的生活与创作也都深受法国文化的影响。

在早期的诗作中，普希金有意效仿古典浪漫派诗人的风格，反对暴力与专政，崇尚和平与心灵的自由。

1817年，普希金从皇家学校毕业，供职于国家外交部。任职期间，他写下了《自由颂》和大量的政治抒情诗，并参与了由十二月党人秘密组织的文学团体"绿灯社"。

在长诗《自由颂》中，他对封建专制的愤慨与痛恨，浸透了每一个韵脚。

我要给人民歌唱自由，

我要揭穿皇位上的罪恶。

……

我痛恨皇位，以及皇位上的人、

专制的暴君和恶魔！

我将用残忍的微笑等待你的覆灭。

……

当午夜的星光照亮黑暗的涅瓦河，

无忧无虑的头颅因和平之梦而沉痛。

沉思的歌者，

将凝视着一个王朝破败的遗迹，

在夜雾中无处安息。

1820年，年轻气盛的普希金因公然对抗沙皇而被流放到乡下。

幽禁生活是寂寞的。幸好有文学与慈祥的奶妈陪伴他。

在那里，他与淳朴的农人为友，并声称要用诗歌唤醒人们心底所有的善良。

《假如生活欺骗了你》就是诞生于斯。

假如生活欺骗了你，

不要悲伤，不要心急！

忧郁的日子里须要镇静：

相信吧，快乐的日子将会来临！

心儿永远向往着未来；

现在却常是忧郁。

一切都是瞬息，一切都将会过去；

而那过去了的，就会成为亲切的怀恋。

——亚历山大·谢尔盖耶维奇·普希金《假如生活欺骗了你》

（戈宝权　译）

一切都将会逝去。

1826年，新皇尼古拉一世即位，普希金被召回圣彼得堡。

尼古拉一世问普希金："假如十二月党人暴动，你恰好在圣彼得堡，你将怎么办？"

普希金一脸孤傲地回答："我一定会在暴动行列。"

为了笼络人心，尼古拉一世并没有当即怪罪普希金，甚至在即位那天遇到十二月党人哗变，他也没有大开杀戒，只是将那些革命党人发配到西伯利亚，然后谨慎地规劝，等待天下归心。

回到圣彼得堡的普希金，终于在行动上自由了。

"当少年的欢乐在青春的轻烟中袅袅消逝之后，我们就能获得一切值得汲取的东西。"

那个时候，他的笔，就是他手中最锋利的武器，用来守护信仰。

在诗歌《致西伯利亚的囚徒》里，他把滚烫的心事倾注酒杯，为曾经的伙伴送行，为伙伴带去强大的精神抚慰：

沉重的镣铐会打开，

阴暗的监牢会覆灭，

自由会在门口微笑着迎接你们，

兄弟们会把宝剑双手奉上……

而在圣彼得堡，在那座充满英雄气息的城市，他却只度过了辉煌而孤独的十一年。

3

普希金还是一位美术家。在他的诗歌手稿上，随处可见草图和速写，有时是一幅肖像，有时是一处乡村小景，有时是一匹奔马，有时则是一枝灵巧的小野花……都是灵感的雪泥鸿爪。

那些图画的线条，从他的鹅毛笔下流泻出来，轻盈，梦幻，如纸上的华尔兹。

普希金最擅长的是肖像画。寥寥数笔，便能深入其神。

但他画得最好的，是自画像。

浓密的卷发，俊俏的鼻子，微抿的嘴唇，短而稠的络腮胡，以及太阳之子的肤色……他留下了许多的自画像，很多个自己，清俊的，阴郁的，孤独的。

他深深地迷恋着自己。

就像他写诗，通常以第一人称为出发点。我喜欢他的自恋，如观镜像。我的自恋与自卑，正是身体里随时准备展翅的双翼。

记得在很多个深沉的夜晚，我听见自己的心尖就那样一瓣一瓣地盛开，又一瓣一瓣地凋落。一瓣一瓣的声音里，有着细碎的疼，细碎的美，细碎的凉意……孤独极了。

4

1826年，在圣彼得堡，普希金认识了他生命中极其重要的一位女子——安娜·阿列克谢耶夫娜·奥列尼娜。

奥列尼娜出身名门，其父就是著名的考古学家奥列宁。奥列尼娜容颜清丽，性情活泼，从小深受文艺的熏陶。正值妙龄的她，曾令无数男子辗转反侧。

在奥列尼娜举办的沙龙上，普希金对她一见钟情。

普希金将奥列尼娜视为天赐明珠，深情地呼唤她的乳名，用诗歌为心中的天使勾勒着画像：

请描绘奥列尼娜的容貌，

请点燃内心的灵感。
用你天才的全部身心，
去守护她的青春和美貌。
……

普希金告诉奥列尼娜，看到她的眼睛，就像看到拉斐尔画中的天使仰望上帝的目光，闪耀着光辉，带给他爱与希望和诗意的灵感。

而对于奥列尼娜来说，普希金或许只是个很谈得来的朋友。虽然她喜欢跟他交往，也很珍惜与他在一起的欢乐时光，还说普希金是她见过的最有趣的人……但彼此之间离爱情的距离，还有很长的一段路要走。

他们相处了两年。

两年里，奥列尼娜不曾对普希金热烈的感情有过任何明确的回应。

怎料，爱而不得的痛苦，并未让普希金退缩，而是让他越发迷恋对方，内心懊恼又固执。

我们的心多么固执！
……它又感到苦闷，
不久前我曾恳求你
欺骗我心中的爱情，
以同情，以虚假的温存，
给你奇妙的目光以灵感，
好来作弄我驯服的灵魂，

向它注入毒药和火焰。

你同意了，于是那妩媚

像清泉充满你倦慵的眼睛；

你庄重而沉思地蹙着双眉。

你那令人神的谈心，

有时温存地允许，

有时又对我严厉禁止，

这一切都在我心灵深处

不可避免地留下印记。

——亚历山大·谢尔盖耶维奇·普希金《我们的心多么固执》

（汤毓强、陈浣萍　译）

1828 年夏，普希金正式向奥列尼娜求婚。

遭到拒绝，是意料之中的事。

他没有想到的是，奥列宁拒绝他，居然是因为政治因素。

当时的奥列宁已经是国务委员会的重要委员，而普希金，却是一个与十二月党人有过密切联系的人，随时都可能受到监视或押审。

奥列尼娜的母亲也不同意婚事，她认为普希金身上的诗人气质极不稳重，另外，他写给女儿的一些"有一双小脚儿在款步行走，一绺金黄色的鬈发随风飘动"的诗句，令她觉得非常轻浮和反感。

无论从哪一方面来说，普希金都看不到希望。

求婚失败后，普希金离开了圣彼得堡一段时间。

在离开之前，他为奥列尼娜写下那首《我曾经爱过你》，对深爱的姑娘表达诚挚的祝福，也对自己两年的苦恋做一个了结。

"我曾经沉默又绝望地爱过你，被羞怯和妒忌苦苦折磨……"

据奥列尼娜的孙女说，求婚失败的五年后，普希金又在这首诗下用法文加了一句话："这是很久以前的事了。"

思君令人老，岁月忽已晚。

当爱已成爱过，很久以后，你曾赐予我的爱的毒药与蜜糖，也都随着爱过你的时光，一起消散吧。

但愿上帝保佑你。

但愿连我的祝福，也不曾打扰到你。

至于以后的相思，百转千回，也不跟你讲。

5

想起卞之琳的爱情。

"你站在桥上看风景，看风景的人在楼上看你。明月装饰了你的窗子，你装饰了别人的梦……"

卞之琳年轻时苦恋的对象，正是才女张充和。

她是他梦中不可引渡的明月，也是他只能怀想与路过的风景。

张充和是著名的"合肥四姐妹"（大姐张元和、二姐张允和、三姐张兆和、四妹张充和）之一，出身名门，集才识与美貌于一身，也被称为民国最后一位才女。

1933 年，卞之琳在北京大学英文系毕业后，认识了来北大中文系念书的张充和。

那一年，秋色连波，波上寒烟翠。

那一年，芳草无情，更在斜阳外。

卞之琳被才貌双全的张充和吸引，连诗歌创作也发生了很有意味的变化。

当时追求张充和的人非常多。

卞之琳只能用时间去消耗对手，用深情来打败对手。

哪怕在张充和心里，卞之琳不过是一个谈得来的朋友而已。

而张充和待人赤诚，这种赤诚一度让卞之琳误读为爱情。

1936 年，张充和因病辍学回苏州休养。

卞之琳时刻思念着江南的伊人，只觉风月恹恹，憔悴满京城。

是年 10 月，卞之琳回老家江苏海门办完母亲丧事后，立即离乡前往苏州探望张充和。

张充和接待了他，两人如故友久别重逢。

那是卞之琳一辈子都忘不了的梦。

1937 年春，一向不写情诗的卞之琳，一口气写下《无题》五首，另加新旧诗作一道编成《装饰集》，献给张充和。

百转千回都不跟你讲，

水有愁，水自衰，水愿意载你。

……

——卞之琳《无题·一》

我在门荐上不忘记细心的踩踩，

不带路上的尘土来糟蹋你房间，

以感谢你必用渗墨纸轻轻的掩一下，

叫字泪不玷污你写给我的信面。

门荐有悲哀的印痕，渗墨纸也有，

我明白海水洗得尽人间的烟火。

白手绢至少可以包一些珊瑚吧，

你却更爱它月台上绿旗后的挥舞。

——卞之琳《无题·三》

多年后，卞之琳写下的一段回忆，似乎可作《无题》组诗也是那段沧桑苦恋的注脚：

"在一般的儿女交往中有一个异乎寻常的初次结识，显然彼此有相通的'一点'。由于我的矜持，由于对方的洒脱，看来一纵即逝的这一点，我以为值得珍惜而只能任其消失的一颗朝露罢了。不料时隔三年多，我们彼此有缘重逢，就发现这竟是彼此无心或有意共同栽培的一粒种子，突然萌发，甚至含苞了。我开始做起了好梦，开始私下深切感受这方面的悲欢。隐隐中我又在希望中预感到无望，预感到这还是不会开花结果。仿佛作为雪泥鸿爪，留个纪念，就写了《无题》

等这种诗。"

在《无题》组诗写完之后，卞之琳依然无法对往昔的情缘释怀。

"这番私生活以后还有几年的折腾长梦"，直至 1948 年冬，张充和与一位美国青年结婚，又于次年春天，双双远赴海外，卞之琳才勉强放下心头的情事，将一腔念想化作祝福。

海水洗得尽人间的烟火，却洗不尽人心的印痕。

爱意百转千回，如人饮水。

水有愁，水自哀，水愿意载你，而我只愿你爱的人，也似我一样爱你。

6

"你必仰起脸来毫无斑点。你必坚固，无所惧怕。你必忘记尔的苦楚，就是想起也如流过去的水一样。"

我的手指滑过《圣经》，窗外的银杏树又掉下一枚叶子。那些叶子黄了，在雨雾里微微颤抖着，线条有些凝重，染了往事的颜色。

老歌里唱着："往事不用再提，人生已多风雨。"

听这样的歌，从卞之琳的故事中抽离，再走进普希金的故事，竟有隔世之感——曾经爱过的人，已经离去很久了。

就像是风穿过怀抱，雨落进水中。

忘记她吧，泪水只会打湿翅膀。

只要你的心足够宽广，

总会重新飞翔，

即使你的心早已坠落，早已受伤。

——亚历山大·谢尔盖耶维奇·普希金《爱的尽头》

日光之下，若有泪水，也当倒流入心。

剩下的路，是荆棘丛生是鲜花盛开，都要坚强地走下去。

"我曾经爱过你：或许爱情在我的心里还未退去，但我不会再让它打扰你，也不会再让你感到哀伤。"

在向奥列尼娜求婚遭到拒绝后的第三年，普希金娶了另一位姑娘为妻。

或许真像他诗歌里写的那样，爱情在他心里还没有完全消亡，但他已经不愿再去打扰奥列尼娜，只好用婚姻画地为牢，然后，满目山河空念远，从此怜取眼前人。

这本是最好的结局。

可令人欷歔的是，命运有时就是一个破折号，在他的爱情故事另起一行后，却不是我们所期待的那个情节。

普希金的妻子娜塔丽娅是圣彼得堡第一美人，小他十余岁，芳华正好，单纯天真。

关于娜塔丽娅的魅力，普希金的好友索洛古博如此描述："她身材高挑，有着神话般纤细的腰……我一生见过许多漂亮女人，遇到过比娜塔丽娅更迷人的女人，但从未见过像她那样将古典端庄的脸型与匀称的身段如此美妙地结合在一起的人。"

遗憾的是，娜塔丽娅对文学完全不感兴趣，她只喜欢跳舞，喜欢得到人们的赞美，故而频繁参加上流社会的舞会。

几年后，娜塔丽娅受到法国军官丹特士的狂热追求。丹特士年轻英俊，是一位情场高手。在他强烈的爱情攻势下，娜塔丽娅很快逾越了道德的边界。

1836年冬，普希金收到一封匿名信。

里面是当地"绿帽子协会"寄来的荣誉证书。这无疑是莫大的羞辱。匿名信事件传开后，整个圣彼得堡流言四起，普希金也随之成为上流社会茶余饭后的笑料。

在此之前，普希金一直把全部的精力都投入在创作中，他在文学方面的成就已如日中天。

然而在爱情世界里，他却是一个彻头彻尾的失败者。

为了捍卫自己的尊严，普希金决定向丹特士挑战。

1837年2月，在离圣彼得堡不远的黑山上，两个男人的决战开始了。

当然，这场决斗，从一开始便决定了谁胜谁负。

因为这场决斗，从一开始就是个精心布阵的政治陷阱。

沙皇尼古拉一世对普希金的"背叛"一直耿耿于怀，对娜塔丽娅的美色更是垂涎已久。

丹特士，不过是他手中的一颗棋子罢了。

箭在弦上，不得不发。

在荷兰公使的"监督"下，职业军人丹特士先向普希金开枪。

第一枪，偏了。

第二枪，子弹击碎了普希金前胸的铜扣后，直接打进了他的身体。

普希金中枪后，忍住剧痛，在公使发令后打出了第一枪。

丹特士应声倒地。

普希金以为他死了，便放弃了第二枪。

其实，丹特士只是被打中胳膊，他用专业的装死技术，骗过了天真的诗人。

当荷兰公使宣布决斗结果后，丹特士马上从地上爬了起来。

愤怒又痛苦的普希金要求补上第二枪，却被公使拒绝了。

普希金被送回家中抢救。在伤痛的折磨中，他度过了人生中最后的三天三夜。相传当时有许多喜欢他的百姓得知消息后，都自发守候在门外，手擎烛火，为他虔诚祈祷。

一切都已结束，不如斩断情丝。

请让我拥抱你的双膝，最后一遍，

写下这令人心碎的诗篇，

一切都已结束，答案我已知晓。

……

或许往事终将遗忘，

今生今世，我与爱情已失去了缘分。

……

——亚历山大·谢尔盖耶维奇·普希金《一切都已结束》

一切都已结束。

对于诗人来说，只有死亡才能斩断情丝。

上帝还是带走了普希金，带走了俄罗斯诗歌的太阳。

临终时，他已心如明镜。

古老的谚语里说，知道了一切，就原谅了一切。

所以，他最后一句话是对妻子说的："你没有任何过错。"

赫尔曼·黑塞（Hermann Hesse，1877 年 7 月 2 日—1962 年 8 月 9 日），德国作家。1923 年入瑞士籍。他爱好音乐与绘画，也是一位杰出的诗人。他被雨果·巴尔称为德国浪漫派的最后一位骑士，在艺术上深受浪漫主义诗歌的影响。他热爱大自然，厌倦都市文明，作品多采用象征手法，文笔优美细腻。由于受精神分析影响，他非常着重在精神领域里用文字进行无畏而诚实的内心探索，笔下的小说极具深度，在世界各地均有广泛影响。1946 年，黑塞获得了诺贝尔文学奖，授奖词为："由于他的富于灵感的作品具有遒劲的气势和洞察力，也为崇高的人道主义理想和高尚风格提供一个范例。"他的主要作品有《乡愁》《流浪者之歌》《悉达多》《荒原狼》《玻璃球游戏》等。

黑塞

我们的生涯也要像七月之夜

七月的孩子

赫尔曼·黑塞

我们，生于七月的孩子，
喜爱白茉莉的淡淡花香，
我们漫步鲜花烂漫的花园，
喜欢迷失在沉静的梦乡。

绯红的罂粟是我们的伙伴，
它们火红地燃烧，抖抖颤颤，
在麦田里，在热墙上，
它们的花瓣任风儿吹散。

就像七月的夜晚，
生活要载着梦幻，将它的圈舞跳完，
要手持红罂粟与麦穗花冠，
给出梦想，给出盛大的丰收庆典。

（郭力　译）

小城里，我是唯一的异乡人，在此刻的光阴，我的
心是一个空杯，哀歌沉沉，将黄昏饮尽。

1

《道德经》云：常德不离，复归于婴儿。常德乃足，复归于朴。

这样的句子，让我想到黑塞。

读黑塞的诗，就像读一个孩子坐在七月的麦田里，表情安静地向
路人诉说着茉莉的甘甜与罂粟花的明烈，风吹麦田，渐渐带来异乡的
黄昏。

但写诗的人分明已经老了。

照片中，枯枝向晚，他仰面向窗外望去，露出一截瘦长而苍老的颈。
满室书香，浮动在孤独而古厚的空气里。一把沉重的回忆凝聚在他的
指尖，化作诗句滴落。

2

1877 年 7 月，黑塞降生于德国卡尔夫的一个传教士家庭，从小在
浓厚的宗教气氛中长大。

因为母亲在印度出生和成长，黑塞又受到古老的东方文化的熏陶。

晚年时，黑塞回忆起童年，一如凝视掌心的纹路与肌理，往事历历，
清晰可见。

"这幢屋子里交错着许多世界的光芒。人们在这屋里祈祷和读《圣

经》，研究和学习印度哲学，还演奏许多优美的音乐。这里有知道佛陀和老子的人，有来自许多不同国度的客人……这样美的家庭是我喜欢的，但是我希望世界可以更美，我的梦想也可以更多。现实是从来不充足的，魔术是必要的。"

他把彼时所受的各种教育，都归结为一种对自己有着巨大影响的魔力，无与伦比。

而小时候的他，也经常幻想自己长大后可以成为一名魔术师，袖子一抖，就能将石头变成花园。

文学就是魔术。

受家庭的影响，七岁的黑塞已经开始尝试写诗。

他的笔，就是魔法棒，将为他唤醒内心的神秘力量。

十三岁时，黑塞郑重地在纸上写下："要么当个诗人，要么，什么也不当。"

那时他正在上中学，却不喜欢正规的学校教育，先是排斥，再是感到痛不欲生。

十六岁，他彻底结束了学生时代，开始了打工与旅行结合的生活。家里尊重了他的决定。于是他去书店当店员，或给钟塔的时钟磨齿轮，到了夜间，就大量阅读名著，汲取文学养分，用以浇灌梦想之花。

3

从退学到出版第一本小说在文坛初露头角，黑塞花了十年的时间。

1904 年，黑塞的处女作《彼得·卡门青特》（*Peter Kamenzind*）由柏林费歇尔书店出版，不久后获得包恩费尔德奖金，可谓一举成名。

是年 9 月，黑塞又做出了一个惊人的决定，他与新婚妻子一起搬到了乡下隐居。

他们选择的是博登湖与莱茵河之间的渔村加恩贺芬。

那里湖光山色极为清幽，犹如大自然的一处秘境，与世隔绝，日子似乎也变得慵懒冗长起来。

羊倌赶着羊，

穿过宁静的街巷，

房舍，睡意来袭，

朦朦胧胧似入梦乡。

当下，这些墙里，

只有我来自异乡，

我的心浸满忧伤，

将一杯思念之酒饮光。

路引我行至的地方，

到处都有炉火闪亮，

只是从未感到，

身在故国家邦。

——赫尔曼·黑塞《乡村的夜晚》

（郭力 译）

这些天看梭罗的《远行》，看他书中的瓦尔登湖，草原，山脉，黄昏与月光，脑海里总是会不经意地浮现出黑塞的小渔村。

他们都是城市的出逃者，追求的是自然与心灵的宗教，向往的是简单淳朴的生活。

梭罗在书中写了许多小诗，有些像稚子的歌谣，有些像老僧的梵呗，有些像小鸟的破壳之声，有些像一坛美味的果子酒。那些都是大自然赐予他的诗意元素，让人想到万物有德。

黑塞夫妇在渔村生活了八年。

在那里，黑塞与自然亲密接触，笔耕不辍，潜心创作小说和诗歌，收获颇丰。那些诗行之间，灌满了田园的风声。

1911 年夏，黑塞离开渔村，与一位画家朋友去亚洲远行。

怀着对东方文化的向往与情愫，他进行了一次对心灵影响颇深的旅程，尽情感受周边国家的风土人情，并且对印度佛教和中国老庄思想格外感兴趣。

那次远行，也是他多年后创作的小说《悉达多》的灵感之旅。

少有这样的忧伤时刻，

当你在陌生的城中漫步，

它静卧在清寂的夜里，

月华洒照万户。

在塔尖与屋顶上，

朵朵云儿游荡，

似沉默而巨大的游魂，

寻觅着它的家乡。

你，突然被这凄戚的情景，

牵动了愁肠，

放下手中的行囊，

久久痛哭在道旁。

——赫尔曼·黑塞《陌生的城》

（欧凡　译）

月光洒在异国的街道上。

乡愁是眼角的泪珠，被月亮照亮。

乡愁也是心上的诗句，是生命不可承受之轻。

第一次世界大战爆发时，黑塞正在瑞士伯尔尼编辑慰问德匡战俘的报纸和图书。为了集资改善战俘们的生活，他手写了许多自己的诗歌，然后配以钢笔画与水彩画进行销售。

那些忧伤的诗歌，赋予了瑞士作曲家们奇妙的灵感，也让异乡人与自己的故土越来越远。

黑塞热爱他的故土，无比痛恨那方土地上的统治者发起的战争。

是年9月，在《新苏黎世报》上，他发表了一篇反对军国主义的文章。他认为战争是极端的爱国主义，是不可取的，带给人民的只有苦难与绝望。民族情结固然重要，但最重要的，还是人性。

很快，他受到了整个德国文坛与出版界的攻击。

黑塞只好在瑞士定居下来，并于1923年正式加入瑞士国籍。

创作在继续。

但被战火摧残、被同胞所弃的痛苦久久无法平息。

要如何获得救赎，抵达安宁的彼岸？心海茫茫，文学或许是最好的舟楫。

5

《悉达多》是黑塞的代表作之一，一个关于出走和皈依的故事。

悉达多，古印度婆罗门之子，拥有英俊的外表、优秀的品行、超群的智慧、高贵的血统、幸福的家庭、忠实的伙伴以及世间一切神佑降临于身的好运。

作为天选之子，从不曾遭遇苦难的悉达多却感觉不到生活的乐趣与心灵的安宁。

一天，他遇到了三个苦行僧，并被三个人吸引。

"你的灵魂就是你的世界"，他决定清空故我，放弃所拥有的一切，包括情感与身世，去远方，寻找灵魂的新生。

真是蹊跷，在雾中漫步！

灌木石块个个孤独。

没有哪个能看到另一个，

个个都在独处。

当我的生活闪着光亮，

我的朋友世界遍布，

可现在雾气降临，

没有谁再可以被认出。

黑暗悄然而至，不可抵御，

把你与一切统统隔离，

真的，你若不能将这黑暗理喻，

你便不够睿智聪颖。

真是蹊跷，在雾中漫步！

生命就是孑然独处。

没有哪个识得另一个，

每一个都是孤而独。

——赫尔曼·黑塞《雾中》

（郭力　译）

静生定，定生慧，慧生明。

内心迷茫，正是因为内心喧嚣，一如孤独地蒙眼走路，如置身大雾之中，看不到外界，也失去了自我。

书中的悉达多也曾站在大雾之中，不了解别人，也不了解自己。所以他通过苦修和流浪的方式，寻求心灵的平和，抵达生命的澄明之境。

悉达多离家后，进行了长久的漫游，又跟随先驱学习禅定。

修行时，他每天只吃一粒米，后七天只进一餐，坚持深刻的冥想。他穿鹿皮、树皮，睡在鹿粪和牛粪上，有时还卧于荆棘之上，让肉体与心灵尽量承受极致的艰苦。

数年后，他身体消瘦，形容枯槁，却依然没有得到想要的救赎之道。

既如此，他决定彻底反其道而行。

他走进繁华的都市，浪迹风月场所，与名妓恋爱，并通过最世俗的手段，成为一名富商，整日锦衣玉食，享受极致的物欲。结果，他依然对生活充满了厌倦，对自己充满了鄙夷。

他不知道，生命的意义何在，一个人活着，心灵究竟要如何与皮囊和谐共处。

在与恋人的最后一次欢爱后，悉达多再次抛弃了所拥有的一切。

他去了河边，打算用提前终结生命的方式，获得最终的超脱。

但就在绝望达到顶峰的刹那，他突然彻悟了。

记忆的潮水漫过来，所有的经历似乎都回到了身体。他追逐过财富，体验过险恶，深陷过绝望的深渊，都是为了学会怎样去抵御它们。

那一刻，他也终于学会了怎样热爱这个世界。

热爱，就是接受。

学会接受这个世界的本来面目，就像接受自己。

《婆罗门书》对《悉达多》的评价是："1946年诺贝尔文学奖得主赫尔曼·黑塞最美丽的'流浪者之歌'，流浪者的双足宛如鲜花，他的灵魂成长，终得正果，浪迹天涯的疲惫洗去他的罪恶。"

而在创作期间，黑塞曾多次向朋友们表示，书中悉达多的道路始于婆罗门教和释迦牟尼，却终于老子的"道"。

"天地与我并生，万物与我为一，"1921年，在给罗曼·罗兰的信中，黑塞写道，"老子多年来带给我极大的智慧和安慰，道这个字对我意味着全部的生活真谛。"1922 年，在给茨威格的信中，黑塞又进一步表明，他笔下的圣者虽然穿着印度袈裟，但其智慧更接近老子而非释迦牟尼。

在书中，悉达多说："我们不应彼此仇视，而应以爱、赞美与尊重来善待世界，善待我们自身以及一切生命……万物于我皆为圆满，世上无物可侵害于我。"

这何尝不是和平宣言？

6

被誉为德国浪漫派最后一位骑士的黑塞，经历过两次世界大战。

战争是人类自导自演的悲剧，也转动了无数人命运的齿轮。

战火摧毁了黑塞的田园梦想，带给他延绵不绝的痛苦，也让他不再沉湎孤独，走到了人民的队伍里，以笔为戎，保卫和平。

和平，应该是全人类值得拥有的权力。

所罗门王在《传道书》里写，虚空的虚空，凡事都是虚空。日光之下所作的一切事，都是虚空，都是捕风。

那个集智慧、权力、财富于一身的人，在滚滚红尘中千帆过尽，写下警世之言后，匍匐在神的脚下忏悔，只愿重回简朴纯净的婴孩之身。

有人在黑塞的身上贴上了若干标签：漂泊、孤独、隐逸、乡愁、自然……

我想再加上一个——天真。

给七月出生的黑塞，也给他牧歌一般的诗歌。

我们，生于七月的孩子，
喜爱白茉莉的淡淡花香，
我们漫步鲜花烂漫的花园，
喜欢迷失在沉静的梦乡。

绯红的罂粟是我们的伙伴，
它们火红地燃烧，抖抖颤颤，
在麦田里，在热墙上，
它们的花瓣任风儿吹散。

就像七月的夜晚，
生活要载着梦幻，将它的圈舞跳完，
要手持红罂粟与麦穗花冠，
给出梦想，给出盛大的丰收庆典。

——赫尔曼·黑塞《七月的孩子》

（郭力　译）

读这样的诗，心是虚空的，大风吹麦浪，风里词语荡漾——茉莉、罂粟、麦穗、孩子、生命、怀念、希望、爱。

茉莉，源自古印度的洁白花朵，据说可渡苦厄，与莲花一样，它的花瓣里，也有神秘馥郁的香气。

罂粟花，本是无邪的花朵，却被人们强加了太多罪恶。如今在"金三角"起伏的山谷中穿行，当初升的太阳徐徐升起，漫山遍野都是姹紫嫣红的花朵，那些花像云河一样飘荡在亚热带的熏风中，无比震撼，散发出温暖的苦香，让人心醉神迷。

在古埃及，罂粟被称为神花。

在欧洲，罂粟花被看成缅怀之花，英雄之花。因为战争，无数的士兵阵亡，他们的鲜血流淌在哪里，哪里就会开出异常灿烂的罂粟花。后来，越来越多的人选择佩戴罂粟花来悼亡，他们将花佩戴在衣服的左领上或临近心脏的部位，用以铭记那些远去的珍贵生命。

麦穗，拿在孩子手里，即是生命与希望。

这样的季节，在我家乡的麦田，也一定收留了许多童稚的脚印。当晚归的农人沿着野火回家时，暮秋的寒鸦就会呱呱飞过头顶，给乡村传递神灵的言语，在孩子们手中铁环滚动声中，播种下一季的悲悯与希望。

"我们的生涯也要像七月之夜，轮到你了，就请跳完这支舞，在梦的背后，在梦想和热情点燃的丰收季节，我们手持麦穗，头戴罂粟花冠。"

我相信，在任何宗教里，生命的长河都是首尾相通的。

我相信，每个人心里都住着一个天真的孩子，手拿麦穗，守护梦想。

一如我相信，我们苍老的嘴角挂上了婴孩般的微笑，那些不死的诗意背后，诗人所书写的，不过是一个被命运与幻想击打过的人捧起的慈悲心肠。

托马斯·哈代（Thomas Hardy，1840 年 6 月 2 日—1928 年 1 月 11 日），英国著名诗人、杰出的小说家。哈代是横跨两个世纪的作家，早期写诗，中期创作以小说为主。他的小说继承和发扬了维多利亚时代的文学传统，思想十分成熟，《德伯家的苔丝》《无名的裘德》《卡斯特桥市长》等著作蜚声全球，半个多世纪以来，已被译成各种文字流传。晚年时，哈代悉心进行诗歌创作，有大量优秀的诗作发表。他把诗歌看得极为重要，作品中加入了深刻的个人感情，代表作有《威塞克斯诗集》《早期与晚期抒情诗》等，引导了 20 世纪英国诗坛的主流。

托马斯·哈代

苍老如镜，这是我最后的情话

窥镜

托马斯·哈代

我向着镜里端详，思忖，
镜里反映出我消瘦的身影。
我说："但愿仰上帝的慈恩，
使我的心，变成一般的瘦损！"

因为枯萎了的心，不再感受
人们渐次疏淡我的寒冰，
我自此可以化石似的镇定，
孤独地，静待最后的安宁。

但不仁善的，磨难我的光阴，
消耗了我的身，却留着我的心：
鼓动着午潮般的脉搏与血运，
在昏夜里狂撼我消瘦了的身影。

（徐志摩　译）

镜像之内，灵魂如蟹寄居。镜像之外，爱人的名字是一阵骤风。

1

苍老是一面镜子。

可照浮云旧事，可窥似水华年。

在诗中，我看见瘦弱的哈代站在镜子边，眯起双眼，暗自端详着自己。

不远处，无数飞蛾的翅膀拍打着午夜的玻璃，一只孤独的扁角鹿睁大了眼睛，露出玫瑰色的瞳孔——它踩着一瓣雪花遁入荒原，屋内的哈代就着雪夜的光线，艰难地挪动了一下身子。

他将曾经肌肤般柔腻紧致的记忆，植入思想中那片湿润的草地，就像将儿时脚底的一颗小石子，重新归置于小镇砖土细密的墙角。

他到底是老了。喜欢回忆，步履蹒跚，又把手中剩余的一撮时间缓缓倾泻成水雾，弥漫在渐次朦胧的镜像之上。

镜像之内，灵魂如蟹寄居。

镜像之外，爱人的名字是一阵骤风。

风很快搔痒了他的耳朵。

他不得不锁紧沙哑的声带，微驼着脊背，以谦卑而神圣的方式，迎接了脑海中激荡而来的蓝色回音。

2

第一次"见到"哈代，是在徐志摩的散文中。

徐志摩把谒见伟人与攀登人生的高山对比："山，我们爱登高山，人，我们为什么不愿意接近伟大的人？"

和徐志摩一样，我也有强烈的"英雄崇拜"情结。只不过，他是远渡重洋，亲自登高，我是隔着光阴，望远纸上。

慕而未见时，徐志摩曾想象着哈代应是位和善可亲的老者，短裤便服，笑容可掬地回答着路人的任何提问，然后骑着自行车扎入人群一溜烟不见——他会在月光下徘徊小镇和草原；会在残败的古堡里拂拭乱石上的苔青与网结；会在古罗马的旧道上，冥想数千年前铜盔铁甲的骑兵在日光下的驻踪；会在苍茫的黄昏里，独倚枯老大树，看前面乡村里的青年男女歌舞；会在雄伟的文字遗址里，追怀艺术的神奇……

而他最热衷的，还是像春蚕吐丝制茧似的，抽绎他最微妙最桀骜的音调，纺织他最缜密最经久的诗歌——那是他献给生命的珍贵礼物。

1925 年 7 月，徐志摩重返英国，经老友狄更生引荐，有幸去拜访了哈代。

但他见到的，是一个秃顶的果核似的小老头儿。

他眼前的哈代，身材矮小，佝偻着腰，神情严肃，皱纹横生，就像一块苍老的岩石，密布的青苔间不知遭遇了多少时间与风雨的侵蚀。以至于他的言语与整个人的气场，都仿佛沾染了过多的不可泄露的怨毒、厌倦，以及对人世的报复性的沉默。

哈代看起来无比深沉，耐人寻味，令人捉摸不透，却也勾起了徐志摩的好奇心。

通过交谈，徐志摩很快发现，哈代的耐人寻味里有一种天真的趣味，非常特别，让他感到惊喜，他认为哈代是一位怪杰一般的文字魔法师。

早在20世纪20年代初，徐志摩就把哈代的诗歌带到了中国。算起来，徐志摩应是国内最早翻译哈代诗歌的译者。数量有二十余首，连带一些追忆的文字，断断续续发表在当时的一些知名刊物上。

而我读哈代的诗，也时常会产生好奇。

看他的照片，看徐志摩的描述，都嫌不过瘾。会很想用指头去触摸一下他那"非同寻常的知觉和诡诈"，或是与"艾略特需要满满一捧灰土才能察觉到的恐惧，对于哈代来讲，一小撮就够了"的微妙感觉扎扎实实撞一个满怀。

就像徐志摩所说的，"读哈代的一百行诗胜过读他一部小说"，若不论文学高度，在情感的层面上，还真是这样。

哈代是杰出的小说家，却并不重视自己的小说。与徐志摩谈话时，他就表示，什么都没有写诗难——诗是文字的秘密。

我很喜欢这样的比喻。对于小说，他固然倾注了很多的心血，但对于诗歌，守护着这个文字的秘密，他定然付出了全部的灵魂和一生的爱意。

彼时，相距哈代离世，已不足三年。

垂垂老矣。那样的年纪，再千沟万壑的平生，本也可以将其抚平在双膝上，好好晾晒一番了……生命就是一首苍凉的诗篇，在时间的沙漏下静待最后那笔收梢。

但诗人的心并没有随着年龄而老去。

哈代从不平和，即便是晚年，他桀骜不驯的心也没有被时间驯服。

哈代依旧棱角冷峻，锋芒毕露。

他的命运与情感，一如喉间那根迟迟未能拔除的骨刺——茫茫然对峙着，要么妥协，要么咽下。

而那个过程，只能为他带来持续的苦痛与怨恨。

"但愿仰上帝的慈恩，使我的心，变成一般的瘦损"，哪怕，他宁愿自己是铁石一般坚不可摧，可以孤独而安然地抵御回忆与时光的侵袭。

3

1840 年，哈代出生于英国西南部的多塞特郡。

他成长于地处大荒原边缘的小镇中一个农村的没落贵族家庭。

那里的自然环境，也成了他日后作品中的主要场景，且在小说中表现得尤为明显——就像沈从文用笔勾勒了一个永远的湘西世界一样，哈代的笔下，同样亘古存活着一个威赛克斯王国。

那里一直是他心底深处最留念又最抵触的地方，贮藏着他无法释怀又无法被替代的情愫，最终融入文学的精神河流。

哈代的父亲是一位石匠。

但这位石匠喜欢音乐，性情温和，看似粗犷的外表下，是丰富多情的文艺细胞，希望他的儿子成为一名有文化的建筑师。

二十二岁那年，哈代考入伦敦大学，主修建筑工程，同时从事文学、哲学、神学方面的研究，文学创作生涯就此开启。

最初是写作诗歌。一首一首地写，却无缘发表。

他又尝试小说。从默默无闻到初露锋芒再到星光闪耀，以《绿林荫下》《一双湛蓝的秋波》《远离尘嚣》等威赛克斯为背景的乡土小说收获成功，中间是八年的坚守与热爱。

后来，他干脆放弃了建筑行业，走上了专业文学创作的道路。

1878 年，哈代的小说《还乡》问世。这本书关于荒凉与浮华，带着无法排解的悲观情绪与宿命色彩。有些评论家认为，这是哈代最出色的作品。

当然，一致公认的哈代小说代表作还是 1891 年出版的《德伯家的苔丝》与 1895 年出版的《无名的裘德》。

依旧是悲剧。

贫苦的少女苔丝被恶少玷污后，在牛奶场当挤奶工，与牧师之子相爱结婚。新婚之夜，她鼓起勇气向丈夫坦承往事，却遭到丈夫的遗弃。最后，她杀死恶少，被判了绞刑。

孤儿裘德与表妹相爱，因触犯礼俗而为世人所不容，迫于世俗的压力，表妹最终回到丈夫身边，裘德则酗酒而死。

哈代的小说几乎都是悲剧。生如草芥，如果只能一次又一次地沦为命运手中的玩偶，死亡，则是唯一有效的抵抗。多么悲哀。

这便不难理解，《德伯家的苔丝》为何会和维多利亚时代的道德观念发生冲突，还有读者将小说扔进了火炉……

《无名的裘德》同样激起了读者新一轮的抨击。

不被理解，持续的攻击。让哈代感到愤怒又疲倦。

于是，他决心不再写小说，而是重新拾起旧爱，将全部的精力投入诗歌写作中。

4

1898 年，《威塞克斯诗集》出版。诗集收录了哈代许多早期的诗歌——曾经晨光下的梦想，终于可以在生命的黄昏之时，颗粒归仓。

1901 年，哈代又出版了《今昔诗篇》。之后是《时间的笑柄》《环境的讽刺》《幻觉的瞬间》……直到去世，他一共出版了八本诗集，诗歌共计九百余首。感怀、哲理、爱情、咏物、讽刺、战争、悼亡，各种题材，无不涉及。严峻、诡丽、深刻、细腻、优美、清新、哀伤，各类风格，无不概括。

包括最辉煌的成绩——关于拿破仑战争的三卷诗剧《列王》。诗剧主要以无韵诗写成。除描写史实，还有一些插曲，述说威塞克斯农民对战争的态度以及神明对世事的评论。哈代阐明了自己的思想，与天道对抗，无疑是拥抱灾难。《列王》的出版，也让哈代在 1910 年收获了一枚特殊荣誉勋章。

1912 年，哈代的妻子爱玛·拉文纳去世，从而催生了他笔下无数忧伤的悼亡诗。

爱玛是哈代的第一任妻子，也是令他至死都无法释怀的女人。

与所有爱情故事一样，他们初相识时也曾有过一段非常甜蜜的时光，以至于那一段过往，后来又成为哈代晚期诗歌的精神魔咒。

爱玛去世后，哈代一夕忽老，笔下的诗歌，也是字字断肠。

多年后，有研究哈代的人打趣道："哈代的祖先中一定有人是情场失意的！"

她一身陶红色的打扮，

我们停下了，一阵瓢泼大雨，

我们躲在双座马车干燥的壁笼里。

马停着，是的，无声无息。

我们坐着，舒适而又温暖。

雨停了，让我悲哀的刺痛，

那在前面映出我们的影像的玻璃飞走了，

她跳向那边的门：

如果那雨再下一分钟，我肯定会吻她。

——托马斯·哈代《小镇的暴风雨》

（徐志摩　译）

与《窥镜》一样，这首《小镇的暴风雨》也是哈代的代表诗作。

每次读到，内心都要下一场雨。

蒙蒙雨雾，挥之不去的悲戚，一如读到苏轼的《江城子》："十年生死两茫茫。不思量，自难忘。千里孤坟，无处话凄凉……"

无处话凄凉。

苍老如镜，记忆与尘世都是镜像。

时间只是一张苍白的裹尸布，遮掩的是渐渐枯萎的灵魂。

"不仁善的，磨难我的光阴，消耗了我的身，却留着我的心：鼓动着午潮般的脉搏与血运，在昏夜里狂撼我消瘦了的身影。"

如果把哀伤与怨愤全部倾泻进文字，也无法得到安慰，便只能在每一个孤独寒苦的深夜，在生命之潮的起落中，郁郁寡欢，等待天堂的使者来临，将自己泅渡。

那一缕微弱的希望之光，一如初涉爱河时与心上人牵手走过街角，不忍踩踏又转瞬即逝的那一滩清亮的水渍。

> 这是最后的情话；最后的情话！
> 从此，一切都默然死寂，
> 只有苍白的裹尸布罩着过去，
> 它在那时，
> 爱人啊，对我不会具有
> 任何价值！
>
> 我不能再说；我已经说得太多。
> 我不是指它一定来临；
> 我不知道它会这般增强，
> 或许也未弄明，
> 你的第一个抚摸和目光，
> 注定了我俩的命运！

——托马斯·哈代《最后的情话》

（飞白　译）

"我必须等待，等我放下肉身，才能随你回到天堂。"

我们知道，诗歌是他的旅程，却不是他的岸。

只有死亡，才能让人最终重逢。

1928年1月11日，哈代在多塞特多切斯特去世。他把最后的情话，无处可话的凄凉，都葬在了诗歌里。然后，把"今生"的门一锁，去往了天堂，或来世。

艾米莉·狄金森（Emily Dickinson，1830 年 12 月 10 日—1886 年 5 月 15 日），美国传奇女诗人，与惠特曼齐名。她从二十岁开始写诗，但早期诗歌大都已散失。1858 年，她开始深居简出，70 年代后，她已几乎不出房门，文学史上称她为"阿默斯特的修女"。深锁在盒子里的大量诗篇，是她留给世人的最珍贵的礼物。在她有生之年，她的作品并不曾获得青睐，直到美国现代诗兴起，她才作为现代诗的先驱者受到读者热烈的欢迎。

艾米莉·狄金森

我为什么爱你，先生？

我为美死去

艾米莉·狄金森

我为美死去，但是还不曾
安息在我的墓里，
又有个为真理而死去的人
来躺在我的隔壁。
他悄悄地问我为何以身殉？
"为了美"，我说。
"而我为真理，两者不分家；
我们是兄弟两个。"
于是像亲戚在夜间相遇，
我们便隔墙谈天，
直到青苔爬到了唇际，
将我们的名字遮掩。

（余光中　译）

> 如果一生只够爱一个人，那么对于有些人来说，爱情在生命中来过一次，就足够了。

如果灵魂有颜色，我想，属于艾米莉的一定是白色的，孤独而洁净，像婴孩，像老僧。

1830年冬，艾米莉·狄金森降生于美国的一个律师家庭。

她的父亲在社会上极有威望，家教也十分严格，从小就要求孩子们熟读《圣经》和古典文学著作。

艾米莉是大女儿，她很乖巧听话，整个童年生活都以阅读为主，青春时期也是长居闺中，经常安静地在书桌面前写写画画，在外人看来，个性甚至有些孤僻。

纵观她的一生，除却几年的学院教育，她所有的时光都是在家乡度过的。

二十几岁之后，艾米莉已经闭门不出。她开始迷恋白色的衣服，不肯接见访客，只回复信件。人们很难再见到她的身影。她的生活，除了做家务，在院中莳花弄草，就是待在楼上看书写字。就连食物所需，也是由人放在一只小竹篮里，她再用绳子从楼下慢慢吊进房中。

没有人知道她的心事，家人们则认为她患上了自闭症。

慢慢地，人们都称她为"阿默斯特的修女"。

对于艾米莉来说，她修的是心中的真理与美，那是她的追求和信仰。

所以，她渴望爱情却宁愿选择独身，热爱自然却用孤独与文字在繁芜的人世中另辟蹊径。

诚然，从来如此，便对吗？

我为什么爱你，先生？

因为——

风不需要小草告诉他，

为什么他经过

她就会倾倒。

艾米莉曾有过一段爱情。

多年后，她的侄女向媒体透露，艾米莉有过一段秘密恋情，但最后无疾而终。

正是因为那段没有结果的情事，让她关闭了爱情的大门，从此谜一样地隐居深闺。

"我的诗太靠近我的心灵。"她在信中写道。

彼时她已经把自己的热情全部倾注到了文字中。

"我啜饮过生活的芳醇，付出了什么，告诉你吧，不多不少，整整一生。"

生活的芳醇，是诗，是美，还是爱？

如果一生只够爱一个人，那么对于有些人来说，爱情在生命中来过一次，就足够了。

艾米莉从二十岁开始写诗，到五十六岁去世，其间她创作了大量的诗歌。

仿佛是为诗而生。

一千七百七十五首诗，涉及孤独、自然、爱情、死亡、心灵、人间、永生……当然，那些诗歌，公开的屈指可数——还是朋友从她的信件中摘录发表的，余下的，全被她锁在了沉重的木箱子里，直至死后才被人发现。

当时，连家人都不知道，她在写诗，更没有人知道，她是个写诗的天才。

直到艾米莉有一天因布赖特氏病去世，她的妹妹拉维妮雅整理她的遗物，才让一千多首珍贵的诗歌得以面世。

过世前，艾米莉曾留下遗言，让妹妹把那个木箱子烧毁。

可以想象拉维妮雅看到那些诗歌时震惊的表情。

她没有遵循姐姐的遗愿，而是将那些凝结了姐姐一生情感与才华的诗歌，交给了出版社。

艾米莉的诗集一上市就受到了人们的喜爱，从而声名大噪。

如今，那些诗歌依旧不断被译成各种文字，畅销世界各地。

在美国的诗歌史上，论及地位和影响，艾米莉是唯一能与惠特曼齐名的女诗人。

人们也常把他们放在一起相提并论。1984年，美国文学界纪念"美国文学之父"华盛顿·欧文诞生二百周年时，在纽约圣·约翰教堂同时开辟了"诗人角"，入选的只有惠特曼和艾米莉两人。

有人说，"惠特曼和艾米莉·狄金森写诗，都好像从不曾有人写过诗似的。"他们是美国诗歌史上的双子星，在他们身上，我们可以看到那个时代浪漫主义与现实主义的完美结合。

但名气、金钱、地位，这些令多少人穷其一生追逐的东西，艾米莉却不屑一顾。

因为内心的干净，不必取悦读者，也没有任何牵绊，所以她的诗歌才那样打动人。

无论是一朵花凋零的方式，一粒萤火滑动的轨迹，还是家国的命运——"请原谅我在一个疯狂世界里的清醒"，她笔下的词句，就像长着透明翅羽的小精灵，有灵魂，有体温，只供她驱使。而她在诗歌中的角色，则可以巧妙地变幻于家常、文学、科学、宗教之间，也可以自如地穿越生与死。

读艾米莉的诗，甚至不能够用读。

有时候，如同强光必须逐渐释放，我们站在光源之外，渴望光明，又害怕失明。

有时候，轻得失去了时间的重量，轻得用声音即可擦去。

有时候，一两个句子滴在水上，水也可被灼伤。

让人想起蝴蝶效应。

"一只南美洲亚马孙河流域热带雨林中的蝴蝶，偶尔扇动几下翅膀，可以在两周以后引起美国得克萨斯州的一场龙卷风。"

但艾米莉的诗歌效应，不只是地域，在空间上也有所体现。

他用手指摸索你的灵魂

像琴师抚弄琴键

然后，正式奏乐——

他使你逐渐晕眩——

使你脆弱的心灵准备好

迎接那神奇的一击——

以隐约的敲叩，由远而近——

然后，十分徐缓，容你

有时间舒一口气——

你的头脑，泛起清凉的泡泡——

再发出，庄严的，一声，霹雳——

把你赤裸的灵魂的外衣，剥掉——

巨风的指掌抱握住森林——

整个宇宙，一片宁静——

——艾米莉·狄金森《他用手指抚摸你的灵魂》

（江枫　译）

当诗意穿越清凉而脆弱的灵魂，如柔软的白绫滑过星光闪烁的百年时空，轻轻缠绕上我们的肉身……那么，我们的感动，定将与森林中的古碑一样永恒不朽。

我们将得到最初的宁静。

像从没有人得到过的那样。

如此，她为其殉身的真理和美，也一定逃过了时间。

坟墓——有限的宽度——

却比太阳

比他居住地所有海洋

比他俯瞰的所有陆地都更宽广

1886 年 5 月，艾米莉临终前，留给两个小表妹一封遗书。遗书上，她只写了两个词构成的短促的一句——"归"（Called back）。

时至今日，阿默斯特西墓园的艾米莉·狄金森墓碑上，我们所能看到的，除却"生年""归年"，依然没有"卒年"。

视死如归一词，把悲壮的部分剔除，便只余宁静和安然了。

艾米莉的《我为美死去》，就是她给自己写下的墓志铭。

她把美与真理供上了内心的祭坛，然后，任由时间守口如瓶。

她的生命，则只允许自己用文字与外界对话，或者对抗。

至于她的那段短暂的爱情，也早已藏匿在了诗歌中，随着肉身的归去，成了被大地封缄的秘密。

鲍勃·迪伦（Bob Dylan），1941 年 5 月 24 日出生于美国明尼苏达州，美国摇滚、民谣艺术家。1961 年签约哥伦比亚唱片公司。1962 年推出处女专辑名为《鲍勃·迪伦》。1963 年起，琼·贝兹邀请迪伦与她一起巡回演出。2016 年，鲍勃·迪伦以小说《像一块滚石》获得诺贝尔文学奖。

鲍勃·迪伦

我曾有一个心上人

时间慢慢流逝（节选）

鲍勃·迪伦

......

我曾有一个心上人，她性情美好，面貌娇柔，
我们坐在她的厨房里，看她妈妈烹饪，
窗外星空高远，
时光悠悠流逝——当你拥有了爱情。

......

日光之下，时间慢慢流逝，
我们面对前方，努力找准方向，
就像夏天那向日而开的红玫瑰，
时间缓慢流逝，缓慢消矢。

　　　　我们都明白回忆会带来什么，它带来钻石，也带来铁锈。

　　"他并不是太吸引人，看上去就像个城市里的乡巴佬。"

　　1961 年，琼·贝兹第一次见到鲍勃·迪伦。

　　如琼·贝兹所说，当时的鲍勃·迪伦，刚满二十岁，还是她歌词里那个"放荡的浪人"——他成长于矿区，从小对民谣心生向往，性情叛逆也纯真。大学仅读一年后，他便辍学出走，在某个大雪纷飞的夜晚，带着十美金和一把吉他，搭乘便车来到纽约，追逐他的音乐梦想。

　　而当时的琼·贝兹，已经是家喻户晓的巨星。

　　"她用歌声震撼了我的世界。"鲍勃·迪伦第一次在电视上看到琼·贝兹，就对自己说："或许，我可以成为她的拍档。'

　　果然，琼·贝兹很赏识鲍勃·迪伦的才华，并给予了他很大的帮助，比如邀请他参加自己所有的巡回演出会，每次谢幕时，都会拉起他的手，与他一起站在舞台上，享受歌迷的掌声与尖叫。

　　很快，他们就从亦师亦友的关系发展成了情侣。

　　一时舆论哗然，鲍勃·迪伦，成了与民谣女王恋爱的人。

　　琼·贝兹回忆道："不记得有多少次了，迪伦和我一起唱歌，一起大笑，一起在草原上跑马，一起发疯，一起看电影，一起骑摩托，一起睡觉。"

自身蕴涵的艺术能量，一旦有了某种激情的推波助澜，就会不可避免地成为奇迹。

1962 年，鲍勃·迪伦的处女作专辑《鲍勃·迪伦》一上市，就引起了轰动。不久后，他又创作了一首《答案在风中飘荡》（*Blowing in the Wind*），这首歌一出现，就成为 20 世纪 60 年代美国民权反战运动的圣歌，激励与抚慰了无数在战火中遭受磨难的灵魂。

"他的歌声，可以触动全世界的心事。"时隔数年，他终于用自己无与伦比的音乐才华与桀骜不驯的人格魅力，征服了全球听众的心。

其中就包括 1955 年出生的乔布斯。从孩提时代到青春期，再到成年后，鲍勃·迪伦一直是乔布斯的偶像。而且饶有趣味的是，大学时代的乔布斯还做过琼·贝兹的男朋友。这段爱情虽未修得正果，但也为世人留下了不少珍贵的回忆，并一度成为美谈。

而鲍勃·迪伦，他只是在爱人臂弯中迷途的浪子，终有一天要成为熠熠生辉的明星，成为公众的偶像。他的羽翼会丰满，他的魅力，也不可能被一个女人独占。是时，他便会离她远去。

时间是 1965 年。

在一次演唱会上，鲍勃·迪伦给自己的吉他接上了音箱，接着向全世界的歌迷宣告，属于他的摇滚时代，已经来临，而他与贝兹的情感故事，已经结束。

随后，他们在伦敦开了分手演唱会。

一对恋人自此分道扬镳，各自微笑祝福。辗转再相见时，已过了整整十载。

十年后，在一次琼·贝兹的演唱会上，鲍勃·迪伦突然出现，伴着全场的欢呼与尖叫，琼·贝兹忍不住潸然泪下。他与她一起演唱了《答案在风中飘扬》（*Blowing in the wind*），四目相对，宛若跨越光年之远。

"当你再次出现的时候，已成为人们口中的传奇。谁都没预料到这一点啊，而当年，那个放荡的浪人，曾在我的臂弯里迷途……'

1975 年，琼·贝兹写下这首《钻石与铁锈》，用以纪念自己与鲍伯·迪伦的那段爱情故事，同时感怀那一段硝烟弥漫的激荡岁月。战火，自由，生命，歌谣，爱情，闪闪发光的过往，时间的痕迹……歌词百转千回，歌声幽幽诉，让人心神荡漾。

歌手齐豫曾在 20 世纪 80 年代末翻唱过这首民谣。

在专辑中，她特别地注释道："这是一首隐喻连篇的杰作，人物应是琼·贝兹和鲍伯·迪伦，钻石象征着坚定和闪闪发光的过往，锈代表着变质和时间的痕迹。"

"我们都明白回忆会带来什么，它带来钻石，也带来铁锈。"

多年前，她与迪伦的合影印在杂志的头条，两张年轻的脸笑得多么天真璀璨。多年后，她剪短了头发，自顾自地弹着吉他，对着麦克风云淡风轻地哼唱过往。往昔的缠绵深情，曾经的激扬爱意，在时间面前，都已化作了深沉的记忆，一如深流的湖水，安静地流淌在她的蓝色瞳眸之中，温柔而永恒。

"他是钻石，滚动在不同的时代之间，永不停歇。"

2016 年，诺贝尔文学奖揭晓，七十五岁的鲍勃·迪伦以自传小说

《像一块滚石》获奖。

你有着草地鹨一般的声音，
却有着海洋一般的灵魂，
神秘而深沉。

一时间，他年轻时曾写下的一些情诗，也在大众视线里重新发出了光芒。

那时，光阴向前流逝，寂静而缓慢。

那时，他还是浪迹天涯的荡子，才华闪耀如美钻，不愿为任何人停留。

只是不知道，诗中那个"散发着甜蜜的气息，眼睛像夜空中镶嵌的宝石，有着笔直背影，柔滑发丝"的姑娘，是不是琼·贝兹？

阿尔蒂尔·兰波（Jean Nicolas Arthur Rimbaud，1854 年 10 月 20 日—1891 年 11 月 10 日），19 世纪法国著名诗人。他谜一般的诗篇和富有传奇色彩的一生吸引了众多的读者，成为法国文学史上最引人注目的诗人之一。今日的兰波被奉为象征派的代表，甚至被贴上"第一位朋克诗人""垮掉派先驱"的标签，他的作品对超现实主义和意识流小说也影响深远。兰波一生的传奇，为后来的世界确立了一种生存和反叛的范式，20 世纪后，"兰波族"已成了专有名词，崇拜、模仿兰波的群体也越来越壮大。他的代表作有《醉舟》《地狱的一季》《灵光集》等。

兰波

生如醉舟，生如蝴蝶般脆弱

醉舟

阿尔蒂尔·兰波

沿着沉沉的河水顺流而下，
我感觉已没有纤夫引航；
咿咿呀呀的红种人已把他们当成活靶，
赤条条钉在彩色的旗杆上。

我已抛开所有的船队，
它们载着弗拉芒小麦或英吉利棉花。
当喧闹声和我的纤夫们一同破碎，
河水便托着我漂流天涯。

在另一个冬季，当澎湃的潮水汩汩滔滔，
而我，却比孩子们的头脑更沉闷，
我狂奔！松开缆绳的半岛
也从未领受过如此壮丽的混沌。

进入大海守夜，我接受风暴的洗礼，
在波浪上舞蹈，比浮标更轻；
据说这波浪上常漂来遇难者的尸体，
可一连十夜，我并不留恋灯塔稚嫩的眼睛。

比酸苹果在孩子们的嘴里更甜蜜，
绿水浸入我的松木船壳，
洗去我身上的蓝色酒污和呕吐的污迹，
冲散了铁锚与船舵。

从此我漂进了如诗的海面，
静静吮吸着群星的乳汁，
吞噬绿色的地平线；惨白而疯狂的浪尖，
偶尔会漂来一具沉思的浮尸；

此时天光骤然染红了碧波，
照彻迷狂与舒缓的节奏，
比酒精更烈，比竖琴更辽阔，
那爱情的苦水在汹涌奔流！

我了解溢彩流光的云天，了解碧波、
湍流与龙卷风；我了解暗夜，
了解鸽群般游荡的霞光，
我曾见过人们幻想中的一切！

我看见低垂的落日，带着诡秘的黑点，
洒落紫红的凝血，
有如远古戏剧中的演员，
远去的波浪波动着窗上的百叶！

我梦见雪花纷飞的绿色夜晚，
缓缓升腾，亲吻大海的眼睛，
新奇的液汁涌流循环，
轻歌的磷光在橙黄与碧蓝中苏醒！

在思如泉涌的岁月，我一次次冲撞着暗礁，
就像歇斯底里的母牛，
不顾玛利亚光亮的双脚
能在喘息的海洋中降服猛兽！

你可知我撞上了不可思议的佛罗里达，
在鲜花中渗入豹眼和人皮！
紧绷的彩虹如缰绳悬挂，
勒着海平面上碧绿的马驹！

我看见大片的沼泽澎湃、发酵，
海中怪兽在灯心草的网中腐烂！
风暴来临之前巨浪倾倒，
遥远的瀑布坠入深渊！

冰川，银亮的阳光，珍珠色的碧波
赤色苍天！棕色海湾深处艰涩的沙滩上，
虫蛀的巨蟒从扭曲的树枝间坠落，
发出迷人的黑色幽香！

我真想让孩子们看看剑鱼浮游，
这些金光闪闪的鱼，会唱歌的鱼。
——鲜花的泡沫轻荡着我的漂流，
难以言说的威风偶尔鼓起我的翅羽。

有时，殉道者厌倦了海角天涯，
大海的呜咽为我轻轻摇橹，
波浪向黄色船舱抛洒阴暗的鲜花，
我静静地呆着，如双膝下跪的少妇……

有如一座小岛，鸟粪和纷乱的鸟叫
从栗色眼睛的飞鸟之间纷纷飘坠，
我正航行，这时，沉睡的浮尸碰到
我脆弱的缆绳，牵着我后退！……

而我，一夜迷失的轻舟陷入了杂草丛生的海湾，
又被风暴卷入一片无鸟的天湖，
我的炮舰和汉萨帆船
已不再打捞水中沉醉的尸骨；

静静地吸烟，在紫气中升腾，自由自在，
有如穿墙而过，我洞穿了赤色上苍，
通过碧空的涕泪与阳光的苍苔，
给诗人带来甜美的果酱。

披着新月形的电光，我急速奔流，
如疯狂的踏板，有黑色的海马护送，
天空像一只燃烧的漏斗，
当七月用乱棍击溃天青石的苍穹。

一阵战栗，我感到五十里之外
发情的巨兽和沉重的旋涡正呻吟、颤抖；
随着蓝色的静穆逐浪徘徊，
我痛惜那围在古老栅栏中的欧洲！

我看见恒星的群岛，岛上
迷狂的苍天向着航海者敞开：
你就在这无底的深夜安睡、流放？
夜间金鸟成群地飞翔，噢，那便是蓬勃的未来？

——可我伤心恸哭！黎明这般凄楚，
残忍的冷月，苦涩的阳光；
辛酸的爱情充斥着我的沉醉、麻木，
噢，让我通体迸裂，散入海洋！

若是我渴慕欧洲之水，它只是
一片阴冷的碧潭，芬芳的黄昏后，
一个伤心的孩子跪蹲着放出一只
脆弱有如五月蝴蝶的轻舟。

噢，波浪，在你的疲惫之中起伏跌宕，
我已无力强占运棉者的航道，
无心再经受火焰与旗帜的荣光，
也不想再穿过那怒目而视的浮桥。

（王以培　译）

他不明白，为何他认为爱是救赎，而对方却认为是
羁绊。

1

此刻，窗外呵气成冰，寒意摇摇欲坠，却依旧没有雪花落下来。

等不到一场雪，我干脆把电脑桌面换成了海景。

借兰波的诗意，凝望着。

蓝天，白云，小岛，雕塑一般的礁石，在海风中遗失了季节，没有履风而行的少年，没有一叶蝴蝶般脆弱的小船，只有鸥翅滑破浪花的咸腥气息，如往事扑面而来。

想起青春年代，刚学会上网那会儿，曾有一位南方的网友对我说，来海边吧，我陪你去看海。

我没去。我有我触及不到的梦想，一如她有她逃离不掉的生活。年少的我们，都是穷生活里的乖孩子，都没有勇气去用力撕开现实的褓褛，投入未知的怀抱。

薄雪轻飞的街头，我在公用电话亭里听着她给我录下的海浪声，一句话也说不出，只知道心里的猛兽全醒了，花也全开了。

她说，你知道吗？我是多想用我的海风交换你的雪花。

然而几年前，当她在拉萨喝着酥油茶，看着白雪笼罩的布达拉宫

为我虔诚祈祷时，我刚从堆积如山的尿片中探出头来，身边是孩子的哭声与洗衣机工作的声音，我竟腾不出完整的一只手，去接一个相隔多年的电话。

后来点开电子邮件，我终于知道，她是如何用近乎十年的奋斗，带着一背包海风，去交换了拉萨的大雪。

如今，她是一家客栈的老板娘，会酿青稞酒，会说地道的青海话，脸上的高原红，真是美得让人想哭。

那些年也时常有朋友小心翼翼地相问，你的生活，局促吗？

我不能撒谎，但又实在不想晾晒我的窘迫。于是只好巧笑嫣然地回答，没关系，亲爱的，我是能从一粒食盐中尝出大海味道的人。

那时，我还没有见过大海。

一个写过各种关于大海文字的人，其实从未见过大海。

许多人都不知道，我是一个十足的幻想主义者。我的世界很小，时常会望着一群麻鸭嘎嘎入水，幻想着一片被异国风雪亲吻的天鹅湖。时常会在菜市场的讨价还价声中，沉潜于一首诗歌的开头或结尾。时常会在一张电脑桌面上，压下不灭的饥渴，搜寻到与味蕾契合的饼和梅。

不过，值得庆幸是，还有文字可供灵魂出走，还有一颗红鬃烈马的卧游之心，在无数次被现实涤荡之后，依然保存得完整而深情。

南北朝时期，曾有一位叫宗炳的画家，他不爱做官，却甚好远游，年轻之时遍访山水，将所历景色风物绘于四壁，待到老了病了走不动了，就足不出户地在家享受卧游之趣。

画册之上，自有峰峦耸峙，云林深远，思想辉映岁月；风景之中，亦有汪洋浩荡，水流花开，心念不染尘埃。

他则时而半躺在床上，饮酒赏画，让幻觉带着自己四处畅游；时而对着满壁的美景弹琴自娱，让清妙的琴音在屋内绕梁而走，感受那种众山皆响，流水回旋的意境。

一畦杞菊，满壁江山。如此，宗炳的山水，便可行，可望，可游，可居了。

是为"澄怀观道，卧以游之"。

与许多诗人、艺术家一样，兰波也是有着一颗卧游之心的人。

他是生活里的幻想者。

读他的《醉舟》，即是一篇浩浩荡荡的纸上卧游记。

在诗歌里畅游，似这般，相看远水，独坐孤舟。

纵此时末日来临，万般事尽，在瞬间砸疼我心尖的，也只有兰波诗歌中那芳香的傍晚，以及蹲在水洼边的小孩手里放逐出去的，蝴蝶般脆弱的灵魂。

2

阿尔蒂尔·兰波。蓝色的海风。滚烫的灵魂。流浪的梦。我的眼前又浮现出莱昂纳多那张年少不更事的俊美异常的脸。

电影《全蚀狂爱》中，青春逼人的莱昂纳多·迪卡普里奥饰演兰波。

他是蝴蝶般的少年，眼神清澈如湖泊，上扬的嘴角，狂妄而天真的脸，叼着长长的烟斗站在海风中，与这个世界对峙，有一种颓唐的少年风流，也有一种振翅欲飞的美。

他也是手指被缪斯吻过的少年，才情与个性一样不羁，诗情与灵魂一起沸腾成汪洋。

十七岁，那是 1871 年的兰波。

1854 年 10 月，兰波出生于法国香槟区夏乐维尔市的贝雷戈瓦大街一个破碎的家庭。他的母亲脾气孤僻火暴，对子女的管束非常严厉。幼年的兰波从未感受到正常的母爱与温暖。他的父亲则长期服役在外，有着一颗喜欢冒险的心。在他六岁那年，父亲终于离家出走，一去不归。

家庭的破裂，亲情的缺失，以及父亲冒险性格的遗传……诸类因素聚集在兰波身上，让他从小就呈现出了一种孤独的气质。这样的孤独里，又带着原始的叛逆与对自由的向往。

那是一个动荡的年代，也是一个天才辈出的年代。

七岁的兰波，已经开始学写小说了。

他写大漠中自由放浪的生活，写从未见过的森林、河岸与草原。

他喜欢体味幽深的事物与环境。他经常会一个人躲进蓝色小阁楼，关上百叶窗，呼吸着屋内潮湿的空气，在纸上写下各种各样奇特的句子，然后让思想的马蹄在宇宙间自由驰骋。

十四岁的兰波，写诗、流浪、参加各种公社运动，已经在当地的诗坛初露锋芒。十六岁时，他写下著名的诗歌《奥菲莉亚》，显现出令人震惊的诗才。

巴黎公社的反抗战运动失败后，兰波失望极了，他表现出了前所未有的愤怒。他感到自己的信念突然就被某种力量撕碎了，心痛得无以复加。

于是，他决定与现实决裂，与自己决裂，与原来的生活决裂。

他开始告别旧作中那些带有浪漫痕迹的抒写和咏叹，尝试将诗的语言"综合一切，芬芳，声音，颜色，思想与思想交错"，转换成"灵魂与灵魂的交谈"。

在1871年的《通灵者书信》中，兰波如是写道："在无法言喻的痛苦和折磨下，他要保持全部信念，全部超越于人的力量，他要成为一切人中伟大的病人，伟大的罪人，伟大的被诅咒的人——同时却也是最精深的博学之士——因为他进入了未知的领域。"

他要对诗歌进行革新，对思想进行革新，发掘潜意识与幻觉中的力量。

他说："如果每个人的生命都是独特的，那就让我们独特地活着吧。"在自己的独特与幻觉里，他无尽地探寻着自己，释放着自己，逃离着自己，超越着自己。

进入未知，即是进入一切可能的所在。

如此，他即是自我的通灵者。

打乱自己的感官。让全部的感官错位。为了达到目的，他甚至借用烈酒和大麻来麻痹感官，试图在幻觉和梦呓造成的错乱中，接近文字世界中那种冥冥未知的真实，哪怕在获得满足的同时，接受着罪恶与疾病的诅咒。

3

1871 年夏，兰波写下《醉舟》，将他的"通灵说"运用到了极致。

在诗歌中，他化身一艘思绪丰盈的货船，并用史诗一般的幻觉赋予了它一次神奇无比的海上遨游。

它本是没有自由的，成日承载各种各样的货物，并被一群纤夫控制航向。若不是遭遇了抢劫，它或许永生都无缘见到大海。

当纤夫们被钉死在五彩的柱子上，它也就彻底摆脱了从前的桎梏，"整个冬天，我像个孩子专注于贪玩"。

天大地大，河水拥护着它，它可以顺着水波随意漂流，向着海洋，无牵无挂，无拘无束，不用理会任何命令，信号灯无法打扰它，连风暴也会祝福它，也只有海洋的浪花，才能摇醒它。

最后，温柔的海水为它解开了锚和舵，为它擦拭掉尘世的污痕，又用诗意的怀抱将它裹紧。

于是，它见到一生中从未见到过的梦境——那也是人们只能幻想的奇景。荒诞的、神秘的、疯狂的、险恶的、童话的、不可思议的、变幻莫测的……譬如白鸽般振翅而来的黎明、绿色的夜、长着人皮的豹、发酵的沼泽、银色的太阳、金色的会唱歌的剑鱼、海马护卫队……

就这样，一连几个月，它失踪在无边无涯的大海之上，被海水灌醉，没有航程，直至龙骨断裂，葬身海洋深处。

从此，永远自由。

在诗中，那艘货船几个月所经历的，已经相当于轰轰烈烈地活了从前的好几生。

它早已厌倦了之前那种颓丧的疲惫的无望的生活——整天运载货物，在骄傲的彩旗下穿行，在监狱船恐怖的目光中生存的日子。

若说还有怀念，那也只是想望一眼欧洲的水，望一眼马路上寒冷的黑色小水洼，气味香甜的黄昏，一个小孩蹲在水边，心事忧伤，放一只像蝴蝶般脆弱的小船。

至此，诗歌忽然转入一种小小的哀伤氛围。

像打碎了一个孩子的美梦。

值得强调的是，未满十七岁的兰波写下《醉舟》时，并未亲眼见过大海。

一切都只是一位天才少年的想象。他的纸上卧游，并非依照于既有的记忆，而是来源于强大的幻想。

看他 1871 年的照片，明亮的眼神，带着骄傲，身后是一层深沉的灰色布景，像是无法消融的忧伤，将他的天空笼罩。

彼时，他的声音应该还未彻底脱离少年的尖锐，发型潦草，衣服破旧，由于裤腿太短，还露出了里面的蓝色袜子。

寒酸的装束，并未打击他的自信心。

他依然是迷人的美少年。

就像他深信自己会像一颗子弹射入巴黎的文学界一样。

接下来，他需要的只是一个契机。

而且，与幻觉无关。

4

兰波将《醉舟》以及一封长信寄给了当时著名的法国诗人魏尔伦。

很快，他就收到了回信。

那是1871年9月中旬的一天，朋友递给他一封盖着巴黎邮戳的信封。在信中，魏尔伦兴奋地告诉兰波，那些优美的诗行是多么令他震惊。

"你天生就装备好上战场了""我早就嗅出来你是头披着狼皮的羊""来吧，我亲爱的伟人。我们等着你，我们崇拜你"……魏尔伦对兰波说。

信中，还有一张去巴黎的单程车票。

在巴黎，魏尔伦四处奔走，不辞辛劳地向他的一帮诗人朋友们推荐兰波的诗歌，同时散布一个关于夏乐维尔的天才即将来到巴黎的消息。

但在短时间内，兰波并未诗名远播。

对于魏尔伦而言，兰波的出现，恰好可以拯救他枯竭的诗意，他求之不得。

"我来资助你。而你，来重新唤醒我生锈的灵感。"《全蚀狂爱》中，魏尔伦高耸起额前海浪一般的皱纹，虔诚地对他眼前的美少年说。

与电影中一样，魏尔伦对来到巴黎的兰波确实是无比珍爱的。他们一起交流生活经历，一起畅聊诗文政治，一起去咖啡馆喝苦艾酒，度过了一段非常美好的时光。

可兰波说，"生活在别处"。

巴黎的生活对他只是经历，永远不可能成为归途。

一段时间过后，他就离开了巴黎，就像他诗中的醉舟一样，向着自由与未知，将自己放逐。

而魏尔伦也再一次用行动证明了自己对兰波的疯狂的爱与崇拜。

他抛下了巴黎的一切，跟着那个十七岁的少年东渡英伦，流浪远方。

所以，魏尔伦怎么也不能明白，为何在流浪近两年时间后，兰波要再次离开自己，彻底将自己抛弃，要狠心割断他们之间爱的绳索。

他不明白，为何他认为爱是救赎，而对方却认为是羁绊。

直至魏尔伦暮年之时，兰波早已远离人世之时，他依然无法对那段深刻的记忆释怀。他深情而专注地向旁人喋喋不休地叙述着他与兰波的过往，干涸的眼睛里流不出一滴泪水……那老朽而孤苦的神情，真是让人无比心酸。

那时，一次激烈的争吵后，魏尔伦在痛苦的极度折磨下，终于忍不住朝兰波开了枪。

他丧失了理智。但他从未想过要让兰波死。

那么近距离的开枪，而且连开数枪，也只打伤了兰波的手腕。

但诉讼依然难免。魏尔伦因此进入监狱两年，兰波却自此与他诀别一生。

实际上，让兰波一并诀别的，还有诗歌。

从十四岁正式开始写诗，到十九岁完成《地狱一季》，兰波的所有作品，都是在十九岁之前写就的。短短五年，他完成了作为一个伟大诗人的全部作品，并以一首《醉舟》达到艺术的顶峰。

而在十九岁之后，他就成了一个真正的流浪者。不需要亲人，不需要朋友，不需要爱人，也不需要诗歌。

夏日蓝色的傍晚，我将踏上小径，

拨开尖尖麦芒，穿越青青草地，

梦想家，我从脚底感受到梦的清新。

我的光头上，凉风习习。

什么也不说，什么也不想：

无尽的爱却涌入我的灵魂，

我将远去，到很远的地方，就像波西米亚人，与自然相伴——快乐得如同身边有位女郎。

——阿尔蒂尔·兰波《感觉》

（王以培　译）

"我惶惑，痛苦，狂躁，痴愚，神魂颠倒，我希望沐浴阳光，无休无止漫步，憩息，旅行，冒险，最后浪迹天涯。"

如他之前写的《感觉》那样。他唯独需要的，就是流浪本身。

未知能给他一切，包括源源不断的幻觉。像那艘醉舟一样，去远方，很远很远的地方，经历从未经历过的事情，直至龙骨断裂，葬于大海。

5

幻觉由现实滋生，但现实往往比幻觉要残忍得多。

相较于诗歌中醉舟的归宿，兰波的人生结局真的是一点也不轻盈、不浪漫。

流浪至死——人们通常习惯用这四个字来概括兰波的后半生。

从十九岁到三十七岁，他的生命，被十九岁的诀别与流浪一分为二。

前者，是幻想醉舟的时光，后者，是体验醉舟的岁月。

那些年，他是疯狂的追日少年，也是一贫如洗的流浪汉，被自由的风灌醉灵魂。

他远离夏乐维尔，远离巴黎，远离法国，最后远离欧洲。

翻阅资料时，寻到一些关于他流浪的零星的时光切片：

1875 年，他去德国的斯图加特，穿过瑞士和阿尔卑斯山，到达米兰，又被里窝那法国领事馆扣押，遣返马赛。

1876 年，他到达维也纳。被奥地利警察驱赶，直到巴伐利亚边境。他身无分文，只能徒步穿越德国南部，回到法国。在布鲁塞尔，他签了一份募兵合同，参加了荷兰的外籍军团。登上奥兰治亲王号，一路上经过南安普顿、直布罗陀、那不勒斯、苏伊士、亚丁，最后到达爪哇，进驻内陆沙拉笛加。但他很快厌倦了士兵生活。他做了逃兵。

1877 年，他去德国的不莱梅，去瑞典的斯德哥尔摩，去丹麦的哥本哈根，去意大利的罗马……去追逐冰川、银太阳、火炭的天色、珍珠浪、棕色的海底……

1878 年，他在埃及短暂停留后，到了塞浦路斯。

1881 年，他深入阿比西尼亚的内陆地区，去寻找象牙……

1885 年，他在亚丁采购咖啡。

1886 年，他拥有了商队。包括一名翻译、三十四个牵骆驼的人和三十匹骆驼。他们载着两千支在列日组装的枪和七万五千发子弹，向肖阿的首都昂科贝进发。

1890 年，一些巴黎文人发现兰波在阿比西尼亚。一位杂志主编写信给他，并天真而兴奋地称呼他："兰波，我们亲爱的诗人！"

那时，他完全不知道，在法国，他的诗歌已经达到了怎样轰烈的程度。

他流浪的旅程，没有风暴为他祝福，却有曾经的魏尔伦对他念念不忘。

在久久得不到兰波音讯后，魏尔伦为他出版了诗集。

诗集很快引起了反响。对于这位有着天神般面孔的英俊诗人兰波，他的流浪，他的孤独，他的谜一样的人生，人们都表现出了强烈的仰慕与兴趣。

但兰波已经不需要了。

对于迟来的认可与荣誉，他置若罔闻。

他依然坚持着自己的漂泊，对漂泊之外的一切都漠不关心。

他愿意成为任何人，又不愿成为任何人。

他是自己的自恋者，也是自己的自弃者。

所以他写："我是被天上的彩虹罚下地狱，幸福曾是我的灾难，我的忏悔和我的蛆虫——我的生命如此辽阔，不会仅仅献身于力与美。"

所以他写："要么一切，要么全无。"

他活得像个蛮横而闪光的悖论。

诗人马拉美说，兰波是艺术史上独一无二的奇迹，是横空出世的一颗流星，毫无目的地照亮自身的存在，转瞬即逝。

1891 年，三十七岁的他真的就那般"全无"地回来了。没有商队，没有金币，没有一卷诗歌。而且，还没有健康。

他的生命也不再辽阔，非常狭小，失却力与美。

如同被幸福诅咒，再也容纳不了他对时间的一点点挥霍——

1891 年年初，他已经是没钱雇车搭船的境况了，无论去哪里，都只能一步一步地走。

是年 2 月，他发现自己右膝开始肿痛。

到了 3 月，右腿已变得完全僵直。

4 月，他被人抬回亚丁。

5 月，他在马赛进入医院，进行了截肢手术。

8 月，再次进入医院，经诊断，肿瘤扩散，无法医治。

11 月，临终前，有神父来问他，亲爱的孩子，你是否要忏悔？

而他说，我产生了幻觉。

如今，在法国巴黎的塞纳河右岸，铸有一座兰波的卧像，并有铭文篆刻："履风之人"（L'homme aux semelles de vent），阿尔蒂尔·兰波（Arthur Rimbaud）。

那是巴黎人民对他的纪念，如此永恒，又如此珍重。

斜卧在塞纳河边的兰波，始终保持着一手托腮的姿态，任凭时光在他的冥想中随风逝去。紧闭的双唇。无法吐露的通灵者的秘密。眼神里有孤独、忧郁、狂傲、轻微的醉意。他的身体被切断。托腮而思的手，正是支在那履风而行的双腿上，仿佛随时准备响应自由的召唤。他的身下，是一片风，如海浪，如轻舟。

兰波，诗人兰波，两截身体，也是那样的贴切，就像诗中一个冷静的断句。

又想起《全蚀狂爱》中那个躺在草坪上抽烟的少年。

镜头缓缓移动。从他轻吐烟雾的双唇，到微微起伏的胸口，再到温柔的长睫毛。彼时的蓝天和幻想都装在他的眼睛里，倒映出自由的模样。

那样的镜头，看在眼里，却是逼仄的忧伤，在幻觉与真实中不断切换着，又惶惶不知来处。

有人说，对于兰波的感觉，就是那种"没有人知道他来自那里"的感觉。

他仿佛并不属于这个世界。

尽管读着他的故事，写着他的传奇，看着他的雕像，却依然与他的幻想，与他的未知，隔着茫茫的虚空与哀伤，多么徒劳。

就像他身上总是贴有太多的标签——诗人、履风者、通灵者、盗火者、追日者、流浪者、垮掉派的先驱……但真正的兰波难以归类，更不能归类——"他是众多流派之父，而不是任何流派的亲人"。

他留下珍贵的诗歌，他却不属于诗歌。

他留下那么多怀念，却不屑被人怀念。

6

写到这里，又至黑夜。

而我已经从一个异乡，辗转到了另一个异乡。

与流浪与浪漫无关，只是生存的需要。

此时，一场等候已久的雪，也终于飞扬而下。这个湘江边的小镇，竟用如此美好的方式，惊醒了我的乡愁。

雪光遥遥映现在我的显示屏上，海景图呈现出神奇的光泽，带着温柔的抚慰，令人心动，也令人忧伤。

窗外的雪花一如隔世的怀念，在静谧的天穹中，战栗着，将夜色擦亮。

站在窗前，我思索着大雪之下隐蔽的人情与事物，来不及附魂的意识，就会迅速地跌落到往事的缝隙里，不知身在何方。

感叹时间就是这般微小地轮回着，多年前的人，多年前的雪，如今寻探，纷纷宛若幻觉。

但我依然无比清醒地知晓，我永远不能像兰波一样，"要么一切，要么全无"。随遇而安，随遇而适，这样的词语，早已经随着生活与时间，侵袭了我的性情。即便某时的精神搏斗暴烈如战争，即便偶尔陷入幻想的迷狂，我那几分将自己放逐的勇气，与现状相抗衡的力道，也远比一只蝴蝶般的小船来得脆弱。

"我梦见过绿色的夜晚，大雪令人目眩，一个吻慢慢涨上大海的双瞳……"

我想，我是梦不着那样的夜和吻的。

海浪和沙滩离我依然遥远。庆幸的是，白雪炫目，我还可以这般地在兰波的传奇里卧以游之。

不为澄怀，不为观道，只为对一首诗歌的同频共振。

若是感触得深了，我也顶多只是打开窗户，吹一吹免费的江风，或敲上一篇文字，祭奠一回过期的梦想与永恒的怀念。

然后，在等待白鸽般振翅而来的黎明的过程中，让无济于事的痛苦与感叹，轻薄得像一缕芳香的青烟，而不去想是否能用诗人的醉意康复。

罗伊·克里夫特（Roy Croft，约 1905 年—1980 年），具体生卒年代不详，据说为爱尔兰人，代表诗作《爱》。

罗伊·克里夫特

你将我的生命构建成了神殿，而不是嘈杂的小酒馆

爱（节选）

罗伊·克里夫特

我爱你，
不仅因为你是你，
还因为我们在一起时，我的样子。

我爱你，
不仅是因为
你为我做的事，
还因为我能为你做成的那些事。

我爱你，
因为你能带我找到内心的本真。

……

我爱你；
因为你正在重建我的灵魂。
你将我的生命构建成了神殿，
而不是嘈杂的小酒馆；
我工作中的每一天，
都不再充满怨言，而是一支美妙的歌。
……

爱到最执念处，原是爱而不自知。情不知所起，一往而深，却不必通晓天地，不必打败时间，只愿不负我心。

1

《爱》来自遥远的爱尔兰，一片由风笛吹奏出来的土地。

作者罗伊却一直存在着争议。

任何文献里都没有关于他的生平和介绍。没有照片，没有生卒年代。而且，还有人认为，他是爱尔兰人也是讹传——他真正的身份，是一名普通的美国人。

1979 年，他自费出版了一本二十八页的诗集，其中最有名的诗，就是这首《爱》。

这首诗经常在婚礼上出现，也总被人引用。

《爱》这首诗，本身是翻译自奥地利诗人埃里克·弗里德的德语诗《我爱你》（*Ich Liebe Dich*）……甚至，曾经有人试图去寻找这本诗集，但由于年代太过久远，很多资料都已遗失，就连出版公司都找不到任何一本藏书和记录……

然而这些都丝毫不影响我对此诗的喜爱。显然，如今再多再精确的考据也失去了意义。

这首诗歌是迷人的。

我也宁愿相信，它是一份来自爱尔兰的礼物，最初的制作是经由谁的手，一点都不重要了，即使时光的痕迹散落天涯，它的美丽，也一如文字的温度，每一个为它心动的人，都能获得独一无二的感触。

2

"我爱你，不仅因为你是你，还因为我们在一起时，我的样子。"

这一句诗，总让人想到王小波对李银河说的："世界上没有比爱情更好的东西了。"

看他的书信集《爱你就像爱生命》，就会觉得他那张丑脸充满了无穷的魅力。

如他所说："一个人只拥有此生此世是不够的，他还应该拥有诗意的世界。"

他也的确有着一颗有趣又诗意的灵魂。

20世纪70年代末，王小波还是个街道办小工厂里的工人，白天在工作岗位上没完没了地做着枯燥的活计，晚上，就躲在逼仄的单身宿舍里给心上人写信。

彼时的李银河，已经大学毕业，正在一家知名的报社做编辑。

因为一篇小说，他们见了面。

第一次见面，王小波就单刀直入地问："你有朋友没有？"然后又迫不及待地说，"你看我怎么样？"

李银河笑了，笑出一段佳话。

两人开始通信和交往。

王小波当时把情书写在五线谱上，并深情而狡黠地说："做梦也想不到我会把信写在五线谱上吧。五线谱是偶然来的，你也是偶然来的。不过我给你的信值得写在五线谱里呢。但愿我和你，是一支唱不完的歌。"

他在信里写：

我把我整个的灵魂都给你，连同它的怪癖，耍小脾气，忽明忽暗，一千八百种毛病。它真讨厌，只有一点好，爱你。

爱把我们平淡的日子变成节日，把我们黯淡的生活照亮了，使它的颜色变得鲜明，使它的味道从一杯清淡的果汁变成浓烈的美酒。

静下来想你，觉得一切都美好得不可思议。以前我不知道爱情这么美好，爱到深处这么美好。真不想让任何人来管我们。谁也管不着，和谁都无关。告诉你，一想到你，我这张丑脸上就泛起微笑。

我现在爱你爱得要发狂，我简直说不出什么有意思的话，只是直着嗓子哀鸣。……告诉你，我现在的感觉就像得不到你的爱，就像一个刚刚懂事的孩子那种说不出口的哑巴爱一样，成天傻想。

不管我本人多么平庸，我总觉得对你的爱很美。你真好，或真爱你。可惜我不是诗人，说不出再动人一点的话了。

……

他的话又怎会比任何一首情诗逊色？
美好的爱情把日子酿成醇酒，每分每秒都令人陶醉。美好的爱情也是糖，诗意就是心尖上的那一点甜。

爱是光亮，爱是忧愁，爱是生命。

所以，他的傻气，他的弱点，他的坏习惯，她照单全收。

他心里的美丽，她也寻到了，看到了。

这样的生命，真是活两辈子都不够。

1977 年到 1997 年，二十年。在迅疾的生命里，二十年，我们能为爱情留下些什么，又能为缓慢的往事做些什么？

在持续地文学创作之余，王小波依然没有忘记给李银河写信，不论是近在咫尺，还是相隔天涯，绵绵情意二十年如一日，自始至终，不减初心。

王小波去世后，李银河将此二十年的书信与爱情做了集结，取名《爱你就像爱生命》，是为纪念。

那也是他留给爱人最好的遗物——爱你就像爱生命，但生命不在了，我的爱还在。

3

同是诗人的洛尔加说："诗歌是不可能造就的可能，和音乐一样，它是看不见欲望的可见记录，是灵魂神秘造就的肉体，是一个艺术家所爱的一切悲哀遗物。"

我想，这样的爱里的悲哀，也是独特而美好的吧。诗意是灵魂里的神秘与纯净，照亮我们的爱，直到肉体的湮灭，生命的终结。

张允和的《第一封信到第一封信》中记录了一个关于爱情的小片段，很是令人感动。

1969年的冬天，张允和去见沈从文。

正巧沈从文在整理东西。见张允和到来，他从鼓鼓囊囊的口袋里掏出一封皱巴巴的信，又像哭又像笑地说："这是三姐给我的第一封信。"

他把信举起来，面色十分羞涩而温柔。

张允和说："我能看看吗？"

沈先生便把信放下来，又像要给又像不给……后来，他把信放在胸前温一下，又把信塞在口袋里，用手抓紧了信再也不出来了。

张允和正想笑，却听沈先生忽然说："三姐的第一封信——第一封。"说着就吸溜吸溜哭起来。

近七十岁的老头儿了，就那样突然哭得像个小孩子，又伤心又快乐。

而沈从文递给张兆和的第一封信里就说，不知道为什么我突然爱上了你？

爱到最执念处，原是爱而不自知。

情不知所起，一往而深，却不必通晓天地，不必打败时间，只愿不负我心。

这样的感动，是太阳底下的一杯老酒，闻一闻，都呛人，呛出一滴浑浊的眼泪，还未来得及落地，就幻化成了执念的飞烟。

沈从文说，我一辈子走过许多地方的路，行过许多地方的桥，看过许多次数的云，喝过许多种类的酒，却只爱过一个正当最好年龄的人。

　　爱情是生命的骨，生命也是爱情的桥。

　　对于他一辈子守护的爱情，在他心里，怕是要高过生命。

　　又想起去世不久的木心说，爱与死最近。不是因为爱能战胜死，而是因为这个世间，并没有静止的爱，而爱的宿命的动态，是终究要涌向生命的极致的，即死。

　　这样的句子，思索深了，便觉得恍然。爱是流动的，生命也是流动的，那样的流动，带着飕飕的凉意，"刺溜"一下滑入我的脖颈。

　　王小波有篇小说叫《舅舅情人》，我很喜欢，读过也有十几年了。那里面描述的爱，就像记忆皮层中那片喧嚣的蝉鸣，只能是一个人欲说忘言的隐私，会令人温柔地窒息。

　　也难怪李银河要嫉妒他小说里描写的各种各样的女孩子了。太生动了，真实，却又隔世，却又震撼，一如对爱情的固守之意，等同于对生命的恐惧之心。

　　最禁锢我记忆的，还是那个场景：

　　来自终南山里的女孩子，有一回到山里去，时值仲夏，闷热而无雨，她走到一个山谷里，头上的树叶就如阴天一样严丝合缝，身边是高与人齐的绿草，树干和岩石上长满青苔。在一片绿荫中她走过一个水塘，浅绿色的浮萍遮满了水面，几乎看不到黑色的水面……山谷里的空气也绝不流动，好像绿色的油，令人窒息，在一片浓绿之中，她看到一点白色，那是一具雪白的骸骨端坐在深草之中。那时她大受震撼，在一片寂静中抚摸自己的肢体，只觉得滑润而冰凉。于是她体会到最纯粹的恐怖，继而感觉到——爱，就是从生命最洁净的恐惧中生化出来的，带着青草的绿意与骸骨一样的雪白，又凉又滑。

逝者已矣，但文字的余温尚在。

那样的温度，流淌在罗伊·克里夫特的诗歌里，流淌在王小波令人惊骇的书写力量里，流淌在沈从文走过的云和桥上，也流淌在木心陈旧的从前与当年里，岁月多少风过无痕，亦能清晰地照见爱情的样子，生命的况味。

你是夜不下来的黄昏，
你是明不起来的清晨，
你的语调像深山流泉，
你的抚摩如暮春微云。
温柔的暴徒，只对我言听计从，
若设目成之日预见有今夕的洪福，
那是会惊骇却步莫知所从。

当年的爱，大风萧萧的草莽之爱，
杳无人迹的荒垄破冢间，
每度的合都是仓促的野合。
……

——木心《芹香子》

木心的《芹香子》也是我极爱的情诗。相较于那句"从前的日色变得慢，车，马，邮件都慢，一生只够爱一个人"（木心《从前慢》）的温柔，便凭空多了几分萧萧野气，神秘而古意。

当年之爱，今夕洪福，读来自是心有暴烈深情。也有破败之意，仓促之意，更有荒山流云之意，是爱情在骨血中呜咽的一曲大风歌，自渺无人烟的源头而来。

生命的依恋，生命的冲突，生命的归属，终将在爱情中结伴而行，又挥手离别。

对于那些无可挽回的秘而不宣的哀伤，我们便只能用信念与诗意，与之对抗。

是的，生命值得一活。

爱你就像爱生命。

因为美好，所以哀伤。

4

播放器里周云蓬唱——

"太阳出来，为了生活出去，太阳落了，为了爱情回来。"

"绣花绣得累了吧，牛羊也下山喽，我们烧自己的房子和身体，生起火来……日子快到头了，果子也熟透了，我们最后一次收割对方，从此仇深似海……"

应该庆幸吗？这样的爱情，还在车马喧嚣中尴尬地活着。滋养它的，不是岁月，不是互联网，不是汽车尾气，而是生命中那点不死的诗意。

却已经不能轻易地寻到了。

因为稀少，所以才被我们珍爱。而我们在寻找的过程中，经常会遗失初衷，忘却归途，多么悲哀。

那么，岁月可怕吗？你看，那么多的爱情，那么多的肉身，都葬在了岁月里。岁月也会消磨掉我们身上坚硬的棱角，就像最终消磨掉我们的生命一样。而我希望的是，无论岁月多么强大，也不要消磨掉我们的诗意，以及那些情怀里的痴心、天真、傻气、坏脾气……

此时，在我的不远处，冰雪覆盖的马路上，有火红的跑车呼啸而过。烈焰一般的女孩子在车门前抱着男生亲吻，然后狠狠地掌掴他，又踩着尖细的高跟鞋离开。

像某个电影里未剪辑干净的情节。

所以有人说，爱情本来并不复杂，来来去去不过三个字，不是"我爱你""我恨你"，便是"算了吧""你好吗""对不起"……多么悲哀。

我们相爱时，爱青草，
爱谷仓，爱灯柱，
以及爱被人遗忘的小街，
瘦瘦的小街，在夜间寂寞着，无人问津。

——罗伯特·勃莱《情诗》

相爱多美好。

我也曾爱过青草，爱过谷仓，爱过灯柱，爱过被人遗忘的街道，爱得没心没肺，爱得充满欢乐，爱一个人如生命。

而如今，我更爱生命中的归纳与顺从。爱情是什么？我的爱情，已经化作了一粥一饭的相守，化作了孩子睡在胸口的鼾声与粉扑扑的皮肤散发的香气。

想起多年前，为了等远方的一封信，翻越十几里的山路，踩着一地星光回来，在门扉紧闭的青春里颤抖着指尖阅读的执念与傻气，即便我的外在安静得像一颗千年的果核，心间亦依然会有一股隐秘的能量，在神奇地招引，在虔诚而鲜活地流淌。

那样的感觉，如同被水底珍藏的火焰，伴随逝者指尖的诗意骤然降临肉身——它在我们的心中留下线索，并给予我们温热的感动。

因为一个人只要有了爱，生命与生活都将从此不同。